EL BARCO
DE VAPOR

La casa
de los dragones

Pablo C. Reyna

Ilustraciones de Mónica Armiño

sm

fundación sm

La Fundación SM destina los beneficios de las empresas SM a programas culturales y educativos, con especial atención a los colectivos más desfavorecidos.

Si quieres saber más sobre los programas de la Fundación SM, entra en
www.fundacion-sm.org

LITERATURA**SM**•COM

Primera edición: junio de 2019
Quinta edición: agosto de 2022

Dirección editorial: Berta Márquez
Coordinación editorial: Xohana Bastida
Dirección de arte: Lara Peces

© del texto: Pablo C. Reyna, 2019
© de las ilustraciones: Mónica Armiño, 2019
© Ediciones SM, 2019
    Impresores, 2
    Parque Empresarial Prado del Espino
    28660 Boadilla del Monte (Madrid)
    www.grupo-sm.com

ISBN: 978-84-9182-559-3
Depósito legal: M-15423-2019
Impreso en la UE / *Printed in EU*

Para los lectores de MultiCosmos.
Vuestra paciencia inspiró esta historia.

1

Un buzón y un plan secreto

Se iba a meter en un lío bien gordo.

Aunque tendrían que pillarlo primero, y no lo iba a poner fácil.

Aquel chaval larguirucho y con tupé de cola de ardilla se había desviado un poco de la ruta que lo llevaba a casa. Un poco *bastante*. Comprobó en el plano improvisado que iba en la buena dirección.

Era la primera vez que Marcos ponía un pie en esa zona de la ciudad. Se trataba de un barrio residencial repleto de casas silenciosas en calles desiertas. No había ni un bar donde pedir un vaso de agua. A esa hora de la tarde, el sol empezaba a remolonear y la acera estaba cubierta de hojas secas de roble. Aunque normalmente a Marcos le gustaba el sonido que hacían al pisarlas, esta vez las esquivó para pasar inadvertido.

«Ir y volver sin que se entere nadie», se recordó.

Marcos había preparado concienzudamente su plan. Salir del colegio, ir al destino secreto y después correr a casa antes de que su madre llegase del trabajo. No podía ser tan difícil. Dobló la esquina y apareció delante del número 7 de la calle Parnaso.

El destino secreto.

Tomó aire y echó un vistazo a la propiedad. La casa estaba embutida entre dos modernos edificios de apartamentos. Tenía tres plantas, le faltaba una mano de pintura y la hiedra había engullido la fachada casi por completo.

Las ventanas estaban cerradas y las cortinas corridas, a pesar de que todavía se podían arañar unas ho-

ras de sol. De la boca del buzón sobresalían un puñado de cartas y folletos publicitarios. Marcos se llevó una desilusión: allí dentro no vivía nadie.

Empezaba a pensar que había seguido una pista incorrecta cuando leyó el nombre del propietario en el buzón:

J. T. LEKUNBERRI

El corazón se le aceleró. Para colmo, la puerta tenía una aldaba de hierro con forma de cabeza de dragón.

Marcos comprobó que la calle estaba desierta y dio un saltito de alegría. «¡Es él!», celebró. «¡Lo he encontrado!».

Se llevó la mano derecha a la espalda y estiró el brazo hasta palpar unos bultos en el interior de su mochila. Eran dos libros de tapa blanda, con las esquinas machacadas y una mancha de grasa en la cubierta (la culpa la tenía un bocata de salchichón que le había preparado su madre). Daba igual: incluso con las heridas de guerra, se trataba de sus objetos más preciados.

Ambos volúmenes constituían dos tercios de *Carreras de dragones*, la historia más emocionante que nadie había escrito jamás. Contaba las aventuras de un dragón y su jinete, Panpox y Alaia. Marcos había releído los libros en dieciséis ocasiones, y en todas ellas se emocionaba igual que la primera: la escena en la que la pareja se conocía por culpa de un eructo llamarada del dragón; su desastrosa primera carrera en el Jardín Eterno; y, por supuesto, la batalla del volcán. Marcos contenía el aliento cada vez que llegaba a esa parte.

Después de leer el segundo libro, Marcos había buscado la continuación. La solapa decía que era una trilogía, y una trilogía se compone de tres partes, ¿no? Sin embargo, la realidad no fue tan matemática.

Preguntó por la tercera entrega en la librería del barrio. Su librero buscó en el almacén y no encontró nada.

Su segunda opción fue la biblioteca. La bibliotecaria miró en las estanterías de la sección de infantil y juvenil, incluso en la parte de atrás, donde caían algunos libros, y nada. Marcos insistió tanto que la bibliotecaria buscó en otras secciones, por si acaso el libro se hubiese extraviado, pero la novela no estaba ni en *Reptiles* ni en *Deportes* (*Carreras de dragones* bien podría haber estado en cualquiera de las dos, opinaba él).

Finalmente buscó en tiendas virtuales, pero el resultado fue idéntico. Era como si la novela no existiese.

Desesperado, Marcos llamó a un teléfono que aparecía nada más abrir el libro. Se trataba de una editorial.

La primera vez le dijeron que estaban a la espera del manuscrito que concluiría la trilogía.

Al día siguiente repitieron que *seguían* a la espera del manuscrito.

El tercer día, un hombre muy paciente le respondió que no tenían noticias del autor que había escrito aquellas novelas, y le pidió amablemente que dejase de llamar.

Marcos se sintió abatido cuando colgó. ¿Cómo iba a aguantar la espera del final de *Carreras de dragones* si el autor no lo escribía?

El autor. Hasta ese momento, Marcos no se había planteado que su novela favorita la hubiese escrito alguien. Nunca había conocido a un escritor.

Se fijó en el nombre de la portada, que hasta ese instante le había pasado desapercibido: *J. T. Lekunberri*, impreso con letra roja bien grande y en relieve.

El nombre no le dijo nada. Tampoco el interior del libro o la contraportada revelaban más sobre él. Intrigado, Marcos rastreó en las redes sociales. Ni una foto, ni un perfil. El resultado fue decepcionante.

Por suerte, J. T. Lekunberri sí tenía web. En la página principal no se veía más que la silueta de un dragón y un mensaje de «En construcción». Y aunque la sección de contacto no mencionaba ningún correo electrónico, sí contenía una dirección postal.

Marcos no había escrito nunca una carta de papel, pero daba la casualidad de que esa dirección estaba en su ciudad.

Eso era precisamente lo que le había llevado hasta allí, el número 7 de la calle Parnaso.

Echó un nuevo vistazo a la fachada antes de llamar. ¿Sería la oficina de J. T. Lekunberri? ¿Su hogar? De pronto, el autor de sus libros favoritos le producía mucha curiosidad.

Comprobó que seguía sin haber nadie en la calle y dio otro saltito de alegría. Esa escapada estaba siendo más emocionante que la visita escolar a la fábrica de refrescos.

Marcos dio dos pasos adelante y plantó el dedo sobre el botón del timbre. Esperó unos segundos, pulsó y un desagradable riiing resonó desde dentro.

Respiró hondo. No tenía que hacer gran cosa, solamente formular una pregunta: «¿Cuándo va a publicar la continuación?». Después, se iría por donde había venido y su madre no tendría que enterarse nunca de su aventurilla. Pan comido.

Para su frustración, no ocurrió nada. La casa permaneció en silencio. Esperó un par de minutos sin advertir ningún movimiento en el interior. La sensación de ridículo aumentaba a cada segundo que pasaba.

Había sido una locura escaparse hasta allí. Su madre lo mataría si se enteraba. Dio media vuelta y bajó los escalones de la entrada para volver a su casa.

De pronto se oyó un ruido en el interior. Marcos se quedó congelado en el último peldaño.

Escuchó: en la casa sonaban unos pasos cada vez más próximos. Marcos empezó a temblar de la cabeza a los pies. Eran las pisadas de J. T. Lekunberri, el hombre que más admiraba en el mundo.

La puerta se abrió de un tirón y por el hueco se escapó un grito malhumorado:

–¡Largo de aquí, mocoso!

Marcos se quedó de piedra. Esperaba encontrarse con su escritor favorito, un señor con barba blanca, gafas de medialuna y traje de etiqueta.

En su lugar había aparecido una mujer de unos cincuenta años, vestida con un batín y con el pelo electrocutado. El cabello se repartía entre un pelirrojo de bote en las puntas y un moreno natural en las raíces. Echaba humo por la boca y no disimulaba la expresión de fastidio.

–Ya he dicho que no quiero publicidad –la mujer escaneó a Marcos de arriba abajo–. ¿No eres muy pequeño para trabajar? ¡Cada vez os contratan más jóvenes!

El plan no estaba saliendo según lo previsto. La señora era tan desagradable como un trago de leche agria.

–No soy un repartidor de publicidad –dijo Marcos, encogido–. Busco a J. T. Lekunberri.

Al escuchar el nombre del escritor, la mujer cambió la cara.

–¿Buscas a J. T. Lekunberri? –dio una calada al cigarrillo que sostenía entre los dedos, sin prisa alguna por ir a buscarlo–. Yo soy J. T. Lekunberri.

2
LA ESCRITORA Y EL LECTOR

MARCOS CREYÓ que era una broma.

–¿Usted es J. T. Lekunberri? –la miró de arriba abajo–. Es imposible. Usted es una mujer.

–Gracias por la información; no me había dado cuenta –la señora exhaló una bocanada de humo apestoso–. Y ahora, si me permites, tengo cosas que hacer.

La mujer hizo ademán de cerrar la puerta, pero Marcos consiguió bloquearla con su zapatilla. La supuesta J. T. Lekunberri forcejeó durante un minuto interminable hasta que se rindió.

–Está bien –dijo con los brazos cruzados–. ¿Qué pretendes? Porque si te envía el banco, ya les he dejado claro que...

Marcos intentó enmendar su error inicial. No había sido muy cortés sorprenderse porque J. T. Lekunberri fuese una mujer; a él le daba igual quién escri-

ɔiese los libros, la historia seguía siendo la misma. Había ido hasta allí con una misión y no pensaba irse sin respuestas.

–Disculpe, *señora* J. T. Lekunberri –el chico tomó suficiente aire para inflar un zepelín–. Necesito hacerle una pregunta sobre *Carreras de dragones*.

Parecía que J. T. Lekunberri hubiese visto no un fantasma, sino un ejército espectral. Al oír a Marcos, retrocedió unos pasos y desapareció en la oscuridad del recibidor. De repente, unos nubarrones con un resplandor sobrenatural cubrieron el cielo y un trueno bramó sobre sus cabezas. El chico quiso correr de vuelta a casa.

Antes de que pudiese huir, la escritora emergió de entre las sombras y lo agarró del brazo con tanta fuerza que le hizo daño. Sus uñas parecían garras. Garras de dragón.

–¿Has dicho *Carreras de dragones*? –preguntó muy seria, y Marcos asintió–. Hacía tiempo que no escuchaba ese título de boca de nadie.

–¿Usted es la autora de verdad?

Marcos no perdía la esperanza de que hubiese dos J. T. Lekunberris en el mundo, y que el que él buscaba fuese a aparecer de un momento a otro. Aquella mujer tan antipática no le gustaba un pelo.

Pero nada iba a salir como había planeado.

–*Era* la autora, sí –dijo la mujer con pesar, como si fuese una carga–. Hace siglos de aquello.

Marcos no le dio importancia a su tono de voz: la confirmación lo había animado de pronto.

–¡*Carreras de dragones* es mi saga favorita! –exclamó emocionado–. He leído las dos primeras partes dieciséis veces.

Sacó de la mochila su preciado ejemplar de *Llamas y hechizos*, el primer título de la serie, y lo exhibió como un trofeo.

La escritora se lo quitó de las manos y lo observó con recelo. El chico esperaba que le echase una reprimenda por el estado deplorable del libro, pero en vez de hacerlo, la mujer dijo:

–Vaya. Se nota que lo has disfrutado.

Se la veía impresionada. Y ligeramente satisfecha.

Marcos sonrió por primera vez desde que J. T. Lekunberri le había abierto la puerta. La escritora ya no le parecía tan fiera.

Entonces, J. T. Lekunberri volvió a meterse en la casa y desapareció rápidamente entre las sombras. Marcos se quedó fuera sin saber qué hacer.

–¿Piensas entrar o tengo que devolverte el libro por la ventana? –le gritó la escritora desde dentro.

El chico se puso en marcha, cruzó el umbral y cerró detrás de sí. La oscuridad lo envolvió casi por completo.

A pesar de que todavía no se había puesto el sol, el interior de la casa estaba a oscuras. Marcos caminó a tientas hasta la salita de estar, tenuemente iluminada por una lámpara de araña con la mitad de las bombillas fundidas. Pero el chico no reparó en eso, sino en su increíble diseño: cada brazo de la lámpara era un dragón que arrojaba fuego por la boca.

Apenas se distinguía nada más de la habitación, a excepción de un sillón orejero y una mesita a su lado. El olor delataba que no se ventilaba con frecuencia.

—¿Qué iba a hacer yo? —la escritora echó un vistazo alrededor hasta que reparó en Marcos, y de pronto se acordó de que estaba allí—. Ah, sí, la dedicatoria.

J. T. Lekunberri rebuscó algo por la habitación: en la estantería, debajo de la mesita, junto a un teléfono desconectado...

—No encuentro ningún bolígrafo.

A Marcos se le escapó una risita, pero J. T. lo fulminó con la mirada. Era irónico que una escritora no encontrase con qué escribir... De pronto, la autora dio con un bolígrafo de publicidad, se sentó con el libro en su regazo y dejó caer la punta sobre la primera página. Se fijó en Marcos de nuevo.

—¿Tienes nombre?

—Marcos Abasola Muñoz —respondió nervioso.

—Lo que sea.

J. T. Lekunberri escribió algo con desgana. Después cerró el libro, se lo devolvió, prácticamente lo empujó hasta la salida y abrió la puerta para que se fuese cuanto antes.

Pero Marcos no pensaba marcharse sin formular su pregunta: la duda que lo había llevado hasta allí, a riesgo de recibir el mayor castigo de la historia.

–¿Cuándo saldrá el final?

La escritora se quedó cortada en medio del recibidor.

–¿Final? ¿Qué final?

–La tercera parte, por supuesto.

–No hay tercera parte.

El chico pensó que la escritora no hablaba en serio. Le puso el libro en sus narices:

–Aquí dice que *Carreras de dragones* es una trilogía, y se llama «trilogía» porque son tres libros. Pero solo se han publicado dos hasta ahora.

–Ah, lo dices por eso –la mujer hizo una mueca de disgusto–. Yo lo escribí y yo lo puedo cerrar. Si digo que la trilogía solo tiene dos libros, es así.

–No es justo, falta un libro –Marcos no daba crédito a lo que oía–. ¡Me muero de ganas por saber cómo acaba la aventura de la jinete y el dragón!

La escritora movió la cabeza con terquedad, como si tuviese que sacudir su cerebro para encontrar las palabras exactas:

–Te voy a contar el final –dijo; tenía la mirada perdida en una esquina oscura del recibidor, y parecía absorta en sus pensamientos–. Pasó el tiempo, Alaia se hizo vieja y murió. Fin.

Marcos se quedó de piedra. ¿Alaia, la poderosa jinete de dragón, muerta? No pudo contener la carcajada.

–Es imposible –dijo muy seguro de sí; Alaia era su personaje favorito, y la conocía muy bien–. La jinete superó las Trece Pruebas y venció a los titanes. ¿Cómo iba a morir sin más, de vieja? Es el final más tonto del mundo.

La escritora estaba contrariada. No esperaba que un lector le discutiese el destino de uno de sus personajes, pero Marcos había hablado con tal convicción que la hizo dudar.

–Bueno... Quizá no esté muerta –rectificó indecisa.

Marcos asintió muy rápido, feliz porque su heroína siguiera con vida. ¡Nada podía con Alaia!

–Sin embargo –apuntilló la escritora–, hay finales peores que la muerte.

Parecía que J. T. Lekunberri hubiese pronunciado un conjuro. El ambiente se enfrió y la luz del recibidor parpadeó. Sonaron tres truenos.

A Marcos se le pusieron los pelos de punta. ¿Qué final podía ser peor que la muerte?

–Necesitarás un paraguas para la lluvia.

–¿Qué lluvia? –preguntó desconcertado.

De pronto, empezó a diluviar. La mujer le ofreció un paraguas (el mango tenía cabeza de dragón) y lo empujó de malos modos a la calle.

–Adiós –se despidió Marcos.

La escritora respondió con un portazo.

Resignado, el chico abrió el paraguas y echó un vistazo al mapa para volver a casa. Se puso en camino para llegar antes que su madre.

Apenas se había alejado unos metros cuando la lluvia amainó de golpe. Marcos cerró el paraguas, contrariado, y continuó el viaje de regreso.

Antes de torcer la esquina, echó la vista atrás para contemplar la casa de J. T. Lekunberri por última vez. Lo que vio lo dejó boquiabierto.

La tormenta no se había ido del todo: estaba clavada sobre el número 7 de la calle Parnaso, pequeña e inamovible, arrojando rayos y lluvia violentamente sobre la casa de J. T. Lekunberri.

Un señor paseaba el perro a pocos metros de allí. Muy cerca, una barrendera recogía las hojas secas del suelo. Ninguno de ellos reaccionó al trueno que casi arrojó al chico al suelo. Para ellos hacía un día fantástico.

Marcos se alejó a paso ligero de allí, asustado. Una pregunta rondaba por su cabeza: ¿qué pasaba en el hogar de la escritora, y por qué solo lo veía él?

3

LA SOMBRA QUE NO DEBÍA ESTAR AHÍ

MARCOS LLEGÓ A CASA A TIEMPO. Su gato Bengala lo miró indiferente mientras él corría a su habitación y guardaba el libro firmado en el último cajón del armario, debajo de la ropa de verano. Para asegurarse de que nadie lo abría, bloqueó la puerta con una montaña de ropa sucia.

Su madre solía decir en broma que su cuarto parecía el cubil de un dragón. A Marcos le encantaba la comparación, así que se esmeraba a fondo en mantener el desorden.

La habitación del muchacho era diminuta. A duras penas cabían un armario empotrado, una cama abatible y una mesa con una silla que no se podían utilizar si la cama estaba abierta. Encima del escritorio había un estante con los libros de Marcos, y encima de estos, un corcho con dibujos.

Marcos se habría muerto de vergüenza si J. T. Lekunberri viese sus interpretaciones del dragón Panpox

y la jinete Alaia. Al principio ilustraba escenas de los libros, pero más adelante, cuando las dibujó todas, empezó a crear imágenes que solo estaban en su cabeza. Marcos estaba sediento de nuevas aventuras. *Carreras de dragones* lo era todo para él.

Su madre llegó a casa justo cuando él sacaba el cuaderno de los deberes.

–Qué aplicado, cariño –le dio un beso en la frente–. ¿Cómo te ha ido?

El chico disimuló lo mejor que pudo.

–He tenido un día normal. Nada de excursiones sorpresa ni visitas a desconocidos.

Fingir no era su fuerte.

Su madre estaba tan cansada después de una jornada en la oficina que no sospechó. Fue directa al sofá y encendió el televisor. El gato fue tras ella buscando caricias.

Solo después de cenar, cuando Marcos oyó los ronquidos de su madre, reunió el valor suficiente para sacar el libro de su escondite. Sonrió al ver la dedicatoria que J. T. Lekunberri había escrito:

Para Mario, que se presentó sin avisar.
 – J. T. LEKUNBERRI

La escritora había escrito mal su nombre, pero daba igual. ¡Estaba firmado! Marcos no podía esperar al día siguiente para enseñárselo a sus compañeros de clase. Se iban a morir de envidia.

Esa noche, durmió con su ejemplar de *Carreras de dragones* debajo de la almohada. No le importó el olor a salchichón.

Las cosas en clase, sin embargo, no fueron como Marcos había planeado.

Al día siguiente llegó al colegio antes de lo habitual. Estaba impaciente por mostrar el libro a sus compañeros.

En el aula ya estaban Tono y su pandilla, los más populares del grupo. Marcos deseaba unirse a ellos, pero no acababa de encajar. Se había ganado la fama de rarito y le costaba mucho que lo tomasen en serio.

La dedicatoria de J. T. Lekunberri era la oportunidad de cambiar su suerte.

–¿A que no sabéis a quién conocí ayer? –Tono y sus amigos lo miraron con aburrimiento. No debían de tener ganas de jugar, así que Marcos acabó con la intriga–: ¡A J. T. Lekunberri!

La pandilla puso cara de pocos amigos. Habían conseguido colar un teléfono móvil en clase y estaban concentrados en la pantalla.

–¿Quién es J. T. *Legumbrerri*?

–¡J. T. Lekunberri es la mejor escritora del mundo!

–¿Sube vídeos a internet? –preguntó Tono, despectivo, y Marcos negó con la cabeza–. Entonces, no nos interesa.

Toda la clase le rio a gracia, a excepción de unos pocos que guardaron un silencio cómplice. Después de la burla del cabecilla de la clase, nadie se atrevió a abrir la boca.

Marcos devolvió el ejemplar de *Carreras de dragones* a la mochila. Su plan de hacer amigos se había ido al garete.

Pasó el resto del día con cara larga, soportando bromas pesadas de sus compañeros. Para cuando sonó la sirena del final de clases, ya se había arrepentido de su intento de encajar.

Quizá no estuviera preparado para hacer amigos. Después de todo, Alaia solo contaba con su dragón y no le iba nada mal.

Además, todavía tenía el paraguas que J. T. Lekunberri le había prestado. Le quedaba una oportunidad de volver a verla.

Al salir de clase, Marcos tomó el mismo desvío que el día anterior, con una breve parada en la ferretería.

Cuando entró a la calle Parnaso, la tormenta seguía ahí.

La ciudad vivía un tranquilo día otoñal, con sol y una temperatura agradable. No ocurría lo mismo sobre la casa de J. T. Lekunberri, donde una nube que se retorcía sobre sí misma expulsaba una intensa lluvia y relámpagos. Marcos tuvo que abrir el paraguas para llamar al timbre.

Mientras esperaba, descubrió varias cartas bajo la puerta, además de las que se acumulaban en el buzón. Todas tenían el mismo sobre azul con un logo estampado. ¿Y si la escritora se había marchado y no la volvía a ver?

No tardó en salir de dudas. Después de dos minutos interminables, oyó pasos en el interior, y una cara conocida se asomó entre las cortinas de la ventana más próxima. Era J. T. Lekunberri, que relajó la expresión cuando reconoció a Marcos. Abrió la puerta.

—¿Qué pasa ahora? —le dijo a modo de recibimiento. Llevaba el mismo pijama que el día anterior y se acababa de encender un cigarrillo; Marcos temió haberla despertado de la siesta a las seis de la tarde—. Ya te dediqué tu libro. No pienso firmarte más.

Marcos repasó mentalmente el discurso que había preparado. Sabía que cada segundo que pasaba con J. T. Lekunberri podía ser el último.

—Vengo a devolverle el paraguas que me prestó —se lo ofreció con las dos manos—. Muchas gracias.

La escritora lo dejó en el paragüero e hizo amago de cerrar, pero Marcos volvió a interponer el pie a tiempo. Empezaba a tener práctica en colarse en casas.

J. T. Lekunberri lo miró con impaciencia, pero Marcos la desarmó con su mejor sonrisa.

–Le he traído unas bombillas –J. T. lo miró contrariada–. Para la lámpara del salón. Es que está tan oscuro...

La escritora se lo pensó un segundo. Finalmente, cedió y le dejó pasar. Marcos habría dado saltitos de alegría si no fuese porque temía asustarla.

–Solamente te dejo entrar para que las pongas. Después te tendrás que ir –le advirtió ella, pero el chico ya estaba dentro. La primera parte del plan había funcionado.

Llegaron hasta el salón a oscuras. La escritora se detuvo y contempló la estancia con aire indeciso: si quería colocar las bombillas, tendría que apagar el interruptor y dejar pasar la luz natural. Caviló un momento y luego descorrió las cortinas. El sol inundó la estancia.

Marcos se subió a la silla, desenroscó las bombillas fundidas e instaló las nuevas.

–Ya está listo –anunció.

La escritora lo miraba fascinada. No es que ella no supiese cambiar una bombilla; es que hacía tiempo que no tenía ánimos para ello.

Una vez volvieron a tener luz artificial, J. T. Lekunberri corrió las cortinas de nuevo, no sin antes echar un vistazo nervioso afuera. Estaba claro que no le gustaba el mundo exterior.

La iluminación redefinió las líneas de la sala. Marcos bajó de la silla y vio la decoración que hasta ese momento había permanecido en las sombras.

–¡Cómo mola!

En una esquina de la habitación reposaba una colección de figuras de porcelana. Había dragones chinos, galeses y mexicanos; dragones de agua, de viento y de fuego. Marcos nunca había visto nada igual. Rozó los cuernos de una figura con la yema de los dedos.

–¡Ni se te ocurra tocarlos! No son juguetes para niños –le espetó la escritora, que no bajaba la guardia.

En otra pared, J. T. Lekunberri tenía una biblioteca inmensa de libros de dragones. Había enciclopedias y novelas, por supuesto; pero también manuales de cría de dragón, libros de ensayo sobre las costumbres draconianas e incluso un volumen de cuero escrito con unos símbolos que parecían runas.

Hasta los cuadros de la pared estaban dedicados a los dragones. Marcos quedó prendado de un óleo protagonizado por una jinete y su dragón. La pareja sobrevolaba unos picos nevados. Ella, con su trenza al vuelo; él, gigantesco, con escamas de esmeralda. Eran Alaia y Panpox, sin lugar a dudas.

–Te ofrecería merienda, pero solo tengo tabaco y café –se excusó la escritora–, y no quiero que me acusen de ser una mala influencia.

Marcos, sin embargo, no estaba interesado en la comida.

–Es la habitación más guay del mundo, señora J. T. Lekunberri –dijo con admiración.

–Llámame Jone. Cuando dices «J. T.», me siento una matrícula de coche.

Marcos sonrió, y su sonrisa se ensanchó cuando vio una fotografía enmarcada en el rincón más destacado de la estancia.

La instantánea retrataba a un anciano encorvado junto a una niña morena. Estaban sentados en el banco de un parque y sonreían felices a la cámara.

–¿Quién es esta niña? –preguntó intrigado. La joven debía de tener su edad–. Se parece mucho a Alaia.

–Esa soy yo. Hace siglos, claro.

Marcos la miró con atención. Hasta ese momento no había reparado en lo mucho que se parecían la jinete y la escritora.

–¿Y el señor mayor que está a tu lado? ¿Es tu abuelo? –preguntó.

–No es mi abuelo; era mi padre –corrigió Jone, y soltó un suspiro–. Estaba malito desde muy joven.

El hombre, que parecía muy deteriorado, se aferraba a un bastón. Marcos reparó en que la pequeña Jone tenía otro. Pero el suyo no era un bastón normal. Era...

–¡La espada mágica!

El mismo filo sinuoso, la empuñadura con inscripciones arcaicas... No era exactamente igual, pues la de la foto estaba fabricada con madera y era muy rudimentaria, pero Marcos culminó la transformación en su mente. De pronto, una espada perfecta brillaba en las manos de la pequeña Jone, que se volvió más fiera, como la jinete.

—Me gustaba quitarle el bastón a mi padre, así que fabricó otro para mí —a Jone se le iluminaron los ojos al recordarlo—. Jugábamos a que el mío era una espada con poderes, y el suyo, un cetro mágico.

—Orión, el maestro de Alaia, tenía un cetro —recordó Marcos.

Jone asintió despacio. El chico imaginó cómo el bastón de la foto se transformaba en un cetro mágico delante de sus ojos.

—Esos juegos fueron la semilla de los libros —el chico hizo ademán de preguntar, pero la escritora lo interrumpió antes de que pudiera hacerlo—. Los escritores vivimos entre la ficción y la realidad, robando recuerdos y experiencias de aquí y allá y trasladándolos a nuestras historias. La dueña de la taberna donde se hospedaron Alaia y Panpox, por ejemplo, está inspirada en mi profesora favorita de la universidad. Solo ella podía decir treinta palabrotas por minuto. ¿Y recuerdas la Copa de la Fortuna que la jinete ganó en una de sus carreras? —el lector la visualizó al instante: estaba esculpida en ópalo, una piedra preciosa multicolor. ¡Habría dado cualquier cosa por ver su versión real!—. Su forma es clavadita al orinal que usaba mi abuelo Elías. Nunca sabes de dónde te va a venir la inspiración.

Marcos soltó una exclamación, y no porque se le hubiesen quitado las ganas de ver la Copa de la Fortuna. Nunca había pensado que los escritores necesitasen inspiración; creía que las ideas simplemente aparecían de la nada, y se preguntó si él sería capaz de imaginar algo así. Su videoconsola era divertida, pero no estaba seguro de que pudiese inspirarle nada.

–Entonces, ¿estás buscando inspiración para la tercera aventura de Alaia y Panpox?

Jone se puso muy seria de pronto.

–La historia no se puede exprimir más. He puesto el punto y final.

–Pero...

–He perdido la inspiración. Sería un desperdicio de papel y tinta –a Jone le había cambiado el humor, y Marcos se preguntó qué habría dicho para molestarla–. Es hora de que te vayas. Tengo muchas cosas que hacer.

–¿Qué cosas? –preguntó interesado. No tenía ni idea del día a día de un escritor.

Jone se quedó en blanco. La pregunta la había pillado desprevenida.

–No sé, *cosas*. Ver la tele, echarme un rato... No tengo tiempo para hablar de fantasías –dio una larga calada al cigarrillo mientras lo empujaba hacia la salida.

El muchacho tenía que buscar una excusa para alargar la conversación.

–Fumar es malo para la salud –dijo de pronto.

Pero eso, en vez de entretener a Jone, la enfadó más todavía.

–Lo que es malo para la salud es escucharte durante más de cinco minutos seguidos –bramó–. Y ahora, ¡largo!

J. T. Lekunberri lo despidió con un portazo. Pero antes de que la puerta se cerrase del todo, Marcos vio un fenómeno sobrenatural.

Las sombras del recibidor se despegaron de la pared. Parecía que tuviesen vida propia.

Después, cayeron sobre la escritora y la cubrieron como un velo. La puerta se cerró y Jone desapareció de la vista de Marcos.

El chico negó con la cabeza. Tenía que tratarse de un efecto óptico... Seguro que era culpa del humo del tabaco. Las sombras no se movían solas.

Y, para colmo, la tormenta lo estaba calando hasta los huesos.

4
LA HUELLA DEL DRAGÓN

Habían pasado siete días desde su último encuentro.

Cada tarde, al salir de clase, Marcos se desviaba de la ruta habitual para pasar por la calle Parnaso. Cuando llegaba al número 7, echaba un vistazo al interior con la esperanza de ver a Jone, pero las cortinas seguían echadas como siempre. El buzón estaba atiborrado de cartas.

Día tras día, Marcos llamaba a la puerta sin éxito. Existía la posibilidad de que la escritora se hubiese marchado de viaje, pero costaba imaginarla sin su pijama. El chico comprendió que la opción más probable era que Jone no quisiese abrirle.

Pero Marcos no se daba por vencido. Quería confirmar que Jone estaba bien, después de ver las siniestras sombras que pululaban por su casa. Todavía no sabía qué eran, aunque sospechaba que tenían relación con la extraña tormenta instalada sobre la vivienda.

Cada día se sentaba en la acera de enfrente y esperaba a que J. T. Lekunberri saliese. Nadie podía estar eternamente prisionero en su propio hogar.

Los primeros días no apreció nada: ni un ruido ni un movimiento. Cualquiera habría pensado que la casa estaba abandonada.

El quinto día, un repartidor del supermercado llamó al timbre, pero J. T. Lekunberri consiguió meter el pedido antes de que Marcos tuviese tiempo de llegar a la puerta.

Eso confirmaba al menos que Jone seguía viva. Los fantasmas no hacen la compra.

No fue hasta el séptimo día cuando el lector tuvo ocasión de reencontrarse con la escritora.

Eran las seis y media de la tarde, y el sol empezaba a decaer. Marcos estaba oculto detrás de una furgoneta y daba cuenta de un bocata de salchichón. Su madre tenía una reunión y no llegaría a casa hasta después de cenar, así que el chico podía hacer guardia hasta tarde.

Primero, la puerta de la casa se abrió un poco. Marcos se puso alerta desde su escondite en la acera de enfrente. Una cabeza despeinada se asomó por el hueco, y cuando confirmó que no había peligro, la escritora puso un pie fuera.

Marcos observaba sin ser visto.

Jone iba en pijama y zapatillas de ir por casa. Cargada con tres bolsas de basura, fue directa al conte-

nedor que había en la esquina. Echaba miradas aquí y allá para confirmar que estaba sola.

Hasta que, cuando estaba a punto de arrojar las bolsas, Marcos apareció a su lado. La escritora dio un salto del susto.

–No debes tirar basura orgánica al contenedor de envases.

–¡Otra vez tú! –Jone se llevó la mano al pecho–. Eres peor que un grano en el culo.

–O una astilla en la pezuña –sonrió Marcos, y Jone hizo una mueca de sorpresa–. Es lo que le dice Panpox a Alaia en el capítulo seis del segundo libro. ¿Lo recuerdas?

Jone se relajó y se quitó varios años de encima.

–Eso es porque los dragones no tienen granos en el culo –explicó–. Por eso usan esa expresión.

Recogió las bolsas y se las llevó unos metros más allá, hasta el contenedor de basura orgánica.

–¿Satisfecho? Grano en el culo, astilla en la pezuña... ¡Da igual! Eres un pesado de campeonato.

La escritora y el lector entraron en la casa en silencio, sin mediar forcejeos. Marcos no podía estar más feliz.

–Solo te dejo entrar para que no se te ocurra colarte por la chimenea –dijo ella, medio en serio medio en broma.

Marcos escudriñó la oscuridad del recibidor en busca de las sombras. Fuesen lo que fueran, se habían desvanecido. Después aceleró el paso para seguir a Jone hasta el salón. La escritora se dejó caer en el sillón como un saco de patatas e invitó a Marcos a tomar asiento cerca.

–Eres insistente, muchacho. Ayer estuve a punto de arrojarte aceite hirviendo desde la ventana, hasta que recordé que no sé encender el fuego de la cocina.

Jone rio, de buen humor, y Marcos la imitó, más tranquilo. El hecho de que lo hubiese dejado pasar era una buena señal. La escritora era un misterio para él.

–Te puedo ayudar a cocinar –se ofreció–. Ayudo muchos días a mi madre.

–¿Y qué pasa con tu *aita*? ¿Es que no tiene manos? Marcos se quedó unos segundos callado.

–Mi padre se fue cuando yo era muy pequeño. Ni siquiera tengo una foto de él. Pero no lo echo de menos –se apresuró a puntualizar–. No se echa de menos lo que no se conoce.

Se produjo una conexión invisible entre los dos. Jone y Marcos habían perdido a sus padres muy pronto.

Sin decir una palabra más, el chico dejó a la escritora en la sala de estar y salió al pasillo.

Vio una escalera que llevaba al piso superior. Tenía tanto polvo acumulado que no parecía que la hubiesen utilizado en años. Se preguntó qué habría allí arriba.

–¿Adónde vas? –preguntó Jone, que lo había seguido extrañada.

–Voy a cocinar algo. No te puedes alimentar de café y tabaco. Porque tienes cocina, ¿verdad?

–Sí –Jone dudó unos segundos antes de señalar una puerta–. Es ahí, *creo*. No me hago responsable de lo que encuentres dentro.

La nevera estaba a medio llenar de precocinados y latas de cerveza. Algo parecido ocurría en la despensa: un montón de comida basura y ni rastro de nada sano.

Marcos retiró unos libros amontonados encima de la cocina y preparó una sopa con un caldo que estaba a punto de caducar. La pasta tenía forma de dragón, como todo en casa de la escritora. Jone observó el proceso sin rechistar y se puso a cenar en cuanto tuvo el plato delante.

Al rato, reparó en que el chico la miraba fijamente. No había abierto la boca en diez minutos, y eso, tratándose de Marcos, era alarmante.

–A ver, dispara. ¿Qué quieres preguntar ahora?

El chico se animó de pronto. Llevaba una semana dando vueltas a la misma idea.

–El otro día dijiste que te habías quedado sin ideas para la continuación. Se me ha ocurrido algo que...

–¿Otra vez con eso? –la escritora frunció el ceño.

–Es que no puede acabar así. Si Alaia...

Jone dejó la cuchara en el plato con tanta fuerza que Marcos enmudeció.

–Escúchame, chico. Agradezco tu entusiasmo por *Carreras de dragones*, pero tienes que comprender que es solo una historia de ficción, salida de mi imaginación, y he decidido no terminarla –aunque no parecía que la escritora pretendiera hacerle daño, aquellas palabras se clavaron en el corazón de Marcos–. De hecho, no puedo hacerlo porque Panpox... Panpox... desapareció.

Si era una broma, Jone la estaba alargando demasiado.

La escritora se dirigió a una esquina de la cocina y retiró la tela que cubría un bulto con forma rectangular. Debajo había un terrario enorme donde podrían haberse metido los dos sentados.

Marcos se acercó para verlo mejor. El terrario tenía comedero, bebedero y varias ramas cruzadas. Parecía un bosque en miniatura, o el cubil abandonado de un dragón.

–Panpox era... ¿real?

–Tan real como la vida misma: el dragón más formidable que haya existido jamás... y mi mejor amigo –respondió la autora con voz triste.

Marcos sintió que Jone se alejaba poco a poco de él, aun sin moverse de la habitación. Pasó la mano por la superficie de vidrio.

–Un día –continuó la autora–, sin venir a cuento, se fue.

Marcos no se conformó con esa explicación, así que Jone tuvo que explicárselo de otro modo:

–La jinete de dragón tenía un enemigo desconocido: el Señor de las Tinieblas. Desde su palacio, conspiraba para destruirla.

El lector se mordió el labio inferior. Los libros no mencionaban ese personaje.

–El Señor de las Tinieblas sabía que no podía vencer a Alaia y a Panpox cuerpo a cuerpo, así que creó unos nuevos monstruos para combatirlos –continuó Jone–. El villano extrajo de su mente toda la oscuridad de la que fue capaz y la utilizó para dar forma a sus esbirros: las Sombras.

De pronto, Marcos observó una silueta oscura que salió de uno de los armarios de la cocina y reptó por la pared. El chico se agitó en la silla, angustiado, mientras la Sombra se enroscaba a la lámpara del techo.

A continuación, otra se coló por el resquicio de la puerta. La Sombra pasó por la encimera, atravesó la cafetera como si nada y se escondió detrás de la nevera.

Marcos ya había visto esas criaturas antes en el recibidor de la casa, y no le gustaban un pelo. Las Sombras, al igual que la tormenta que cubría permanentemente la casa, emitían un resplandor inusual. El chico intuyó que nada de aquello pertenecía a la esfera de la realidad, pero esto, en vez de tranquilizarlo, lo aterró todavía más.

La escritora, sin embargo, estaba tan acostumbrada a las Sombras que ni se inmutó. Continuó con su relato:

–El Señor de las Tinieblas dio una orden clara a sus esbirros: «Acabad con la jinete y el dragón». Las Sombras salieron del palacio de su amo por la noche, camufladas en la oscuridad.

Mientras hablaba, las palabras cobraron vida a su alrededor. La cocina de Jone desapareció y, de pronto, Marcos y Jone se encontraron en las Islas Flotantes, volando a la estela de las Sombras. El chico sintió vértigo; para estar en su imaginación, la experiencia era demasiado realista.

Siguieron a las Sombras hasta un islote del tamaño de un campo de fútbol. Marcos reconoció el castillo de inmediato: era la morada de Alaia y Panpox.

Los árboles milenarios del jardín, con hojas en espiral; los muros del castillo, construidos a prueba de gigantes; la única torre, con esa peculiar forma de cardo dorado...

En otras circunstancias, Marcos se habría maravillado con la visión del lugar, pero la presencia de las Sombras le dio un mal presentimiento.

Jone continuó con su relato:

–Las Sombras atacaron a Panpox primero –Marcos vio cómo caían sobre el dragón, dormido en el balcón de la torre. Este se agitó con expresión de horror, sin poder despertar, cubierto con un manto de oscuridad–. Los monstruos se infiltraron en sus sueños, lo levantaron como a una marioneta y lo empujaron a volar lejos de allí. Para cuando despertó, días después, estaba a tantos mundos de distancia que ya no sabía volver.

El dragón se alejó con el vuelo de un autómata. A Marcos se le empañaron los ojos.

–Alaia no corrió mejor suerte –dijo la escritora con voz quebrada, y el chico flotó con ella hasta el interior del torreón, donde la jinete descansaba tranquila–. Las Sombras la inmovilizaron con sus zarpas tenebrosas. A continuación, la levantaron de la cama, aprovechando que estaba desprotegida.

Marcos la rozó cuando pasó a su lado. Su piel estaba fría como el hielo. Las Sombras se la llevaron en volandas por la ventana.

–¡Dejadla en paz! –protestó–. ¡Está dormida, no se puede defender!

Pero Jone, que era la única que podía detenerlo, no había terminado todavía:

–Las Sombras se hicieron con el control de la torre y se adueñaron de la espada mágica; así, Alaia no podría empuñarla nunca más. Después, la llevaron hasta el Lago de la Quietud, el lugar más siniestro del mundo –los dos viajaron a la velocidad de la luz hasta una masa de agua tan tranquila que podías mirarte en ella como un espejo; sin embargo, había algo desagradable en el ambiente que alertó a Marcos–. Las Sombras arrojaron a Alaia al interior del lago, pero ella no se ahogó. La habían condenado a un final peor que la muerte. Esa agua maldita pro-

vocaba un sueño tan profundo que jamás podría despertar –hizo una pausa dramática–. ¿Querías conocer el desenlace de la trilogía? Pues ya sabes lo que pasó.

Las Islas Flotantes desaparecieron. El Lago de la Quietud se evaporó, y Alaia con él. De pronto, el lector y la escritora estaban de vuelta en la cocina, como si no hubiese pasado nada.

Se suponía que era un final trágico, pero Marcos reaccionó con una carcajada escéptica:

–No puedo creer que ese sea el final. Es imposible que el Señor de las Tinieblas ganase a Alaia y al dragón.

–¿Crees que conoces mis libros mejor que yo? –preguntó ofendida la escritora–. ¡Se acabó! Los malos vencieron. No hay más.

–Ese será el final del capítulo, pero la historia debe continuar. Solamente tienes que escribir lo que pasó después.

Jone se encendió un cigarro (Marcos no pudo evitar una mueca de asco) y negó con la cabeza.

–La historia termina aquí –afirmó con la voz rota–. No hay más que hablar.

La cocina se estaba llenando otra vez de esas condenadas Sombras, y Marcos tuvo la impresión de que Jone no era consciente de su presencia. No era como cuando la escritora describía una escena y las invocaba, incapaces de hacer daño.

Una de las Sombras trepó por la espalda de Jone y le susurró algo al oído. Jone apretó los dientes como si la estuviesen torturando.

–Eres la autora –dijo Marcos–. ¡Evítalo! El Señor de las Tinieblas no puede ganar para siempre.

–Demasiado tarde.

Otra Sombra se enredó en la mano derecha de Jone y la empujó a dar una calada de su cigarro. El humo cubrió a la autora por completo y le dio un aspecto cadavérico. Las Sombras se cernían sobre sus hombros y la rodeaban por la cintura, igual que a Alaia en el relato.

–Demasiado tarde... –repitió con un hilo de voz.

El chico ya sabía lo que pasaba cuando las Sombras atacaban, y decidió actuar.

Se levantó de un salto y descorrió las cortinas. Los monstruos retrocedieron asustados, liberando a Jone en el acto. La escritora pareció despertar de un sueño profundo y miró al chico, desorientada. Marcos abrió la ventana y dejó que entrase aire fresco.

–¿Estás bien? –le preguntó él.

–Sí, sí... Es solo que... –la escritora se levantó con esfuerzo–. Me vienen cosas desagradables a la cabeza. Debo de parecerte una vieja amargada.

–Solo un poco desastre –respondió Marcos, y la hizo sonreír.

No sabía qué movía a las Sombras, pero Jone no era en absoluto consciente de ellas. Los espectros la controlaban como a un títere y solo la soltaban si estaba Marcos cerca. ¿Por qué la atacaban? ¿Cómo era posible que ella no las viese?

Fuese lo que fuera, el chico se prometió que no dejaría que le hiciesen más daño.

Se había hecho tarde. Eran las nueve de la noche cuando Jone acompañó a Marcos hasta la puerta.

–He dejado una lista de la compra con lo que necesitas –le dijo Marcos antes de despedirse–. Cuando tengas ingredientes de verdad, podré cocinar platos más decentes.

–No sé quién te ha nombrado mi cocinero –protestó Jone y, por un momento, Marcos pensó que iba a echarlo de casa como las otras veces, con un portazo y sin mediar palabra–. Pero acepto con la condición de que no hables ni toques nada de la casa sin mi permiso. ¿Te han dicho alguna vez que eres un metomentodo?

Jone le dedicó una sonrisa y lo despidió.

Cuando Marcos salió de la casa, la nube negra seguía clavada sobre el tejado. Sin embargo, esta vez no tronaba ni llovía.

5
MISIÓN DE RESCATE

Nada podía salir mal.

Marcos repasó mentalmente el plan mientras cruzaba la calle Parnaso. Había necesitado media semana para recopilar las pistas y otro tanto para organizar la operación de rescate. Entre eso y los deberes de clase, no había visto a Jone desde entonces.

Encontró la casa como siempre, silenciosa y hermética bajo ese nubarrón plantado sobre el tejado. Mantuvo el dedo apretado en el timbre durante medio minuto, impaciente por compartir sus propósitos.

Un minuto después, una Jone más alicaída de lo normal abrió la puerta de entrada. Marcos vio cómo las Sombras se escondían bajo los muebles y tras los cuadros en el mismo instante en que ella lo invitó a pasar. Les sacó la lengua.

–Me rindo contigo –le dijo la escritora muy seria–. Siempre encuentras el modo de colarte, así que no tiene sentido resistirse.

Sin embargo, esta vez Marcos no quería pasar. Sus planes estaban fuera.

–Sé dónde está Panpox.

No tuvo que decir más. A Jone le cambió la expresión en el acto. Inspiró con tanta fuerza que el cigarro se consumió al borde de sus labios. Luego, le pidió al chico que se lo repitiese hasta cinco veces.

–No puede ser –la escritora daba vueltas en círculos, gesticulando como si no supiera dónde poner las manos–. Panpox me abandonó. No supe cuidarlo.

–La culpa la tuvieron esas Sombras horribles. ¡No fuiste tú!

–¿Qué tienen que ver las Sombras con esto? –preguntó Jone, visiblemente sorprendida–. No mezcles fantasía con realidad.

A Marcos le hizo gracia que la escritora le dijese precisamente eso.

–Sé que te sonará raro, pero creo que en tu casa hay Sombras como las de tu historia. Y, al igual que con Panpox, te nublaron la cabeza para distraerte mientras él salía por la puerta.

–Conque Sombras, ¿eh? –Jone lo miró muy seria, pero esta vez no le llevó la contraria.

Marcos aprovechó para compartir sus averiguaciones de la última semana. Después de que Jone revelase la desaparición de Panpox, el chico no pudo quedarse de brazos cruzados. ¿Cómo se podía perder un dragón en la ciudad sin que nadie lo hubiese visto?

Cuando rastreó internet en busca de pistas, los portales de noticias le arrojaron resultados muy curiosos. Primero leyó que un anciano había jurado ver un reptil gigantesco bebiendo de una fuente del parque. El titular de la noticia decía: «¿Toman nuestros mayores demasiadas pastillas?».

Días después, una fiscal se convirtió en el hazmerreír del juzgado tras asegurar haberse cruzado con un dragón en una avenida próxima. «¡Era verde y gigantesco!», declaró al diario local. El periodista, sin embargo, insinuaba que era un delirio consecuencia de celebrar quince juicios en un día.

Pero el rastro no terminaba ahí. En el último año, varios vecinos afirmaban haber visto una criatura fantástica en un centro comercial del otro lado de la ciudad. Varias webs de temática paranormal hablaban de lo que se conocía como «el Dragón de los Grandes Almacenes».

Eran demasiadas apariciones para ser casualidad. Marcos tenía la intuición de que se trataba de Panpox, y pensaba ir con Jone para averiguarlo.

La escritora, sin embargo, no opinaba igual.

–¿Salir de casa? –se llevó la mano al pecho, asustada–. El sitio más lejano al que he ido últimamente es el contenedor de la esquina. No pienso aventurarme en la ciudad ni por todo el oro del mundo.

En ese momento, volvió a pasar: las Sombras se arremolinaron a su alrededor sin que ella se diese cuenta. Pero Marcos no iba a consentir que esas criaturas cobardes se saliesen con la suya, así que se sacó un as de la manga.

–Si no vienes conmigo, me quedaré en la puerta hasta que accedas. Dormiré aquí si hace falta. Ya sabes lo pesado que puedo ser.

La amenaza surtió efecto, porque Jone corrió a vestirse. En menos de cinco minutos, ya estaba de vuelta en el vestíbulo preparada para la excursión.

–Cualquier cosa menos tener que aguantarte de madrugada –refunfuñó, aunque, por la sonrisa que curvaba sus labios, Marcos supo que lo decía en broma.

Las Sombras protestaron desde una esquina del recibidor. Sonaban como un enjambre de avispas y se movían exaltadas, pero no se atrevieron a atacar. El chico se anotó un tanto; seguro que el Señor de las Tinieblas estaba furioso.

Jone estaba preparada para salir, pero Marcos la detuvo un segundo. Abrió la mochila y le ofreció un collar construido con chapas de botella.

–No me digas que esto se ha puesto de moda –dijo ella–. La última vez que salí, se llevaban las camisas del revés.

–No; es un colgante de zafiros fabricado por los elfos, un amuleto contra el mal –explicó él muy serio–. Nos protegerá en la misión.

Las chapas se transformaron en un puñado de piedras preciosas dignas de un tesoro pirata. Brillaban

con un resplandor especial, el mismo de la tormenta y las Sombras, pero sin suponer ningún peligro.

Jone miró el collar otra vez, esta vez con los ojos de Marcos, y sonrió. Se lo puso con solemnidad y salió por la puerta. El chico se puso un colgante idéntico y fue tras ella.

Los problemas comenzaron nada más poner un pie en la acera, pues el nubarrón que estaba siempre sobre la casa decidió acompañarlos con su lluvia. Marcos y Jone eran los únicos de la calle que tenían el paraguas abierto. Los vecinos los miraban extrañados mientras disfrutaban de un bonito sol.

Mientras se alejaban a paso vivo de la calle Parnaso, Marcos observó cómo el paisaje cambiaba a su alrededor. Ante su mirada asombrada, las farolas se transformaban en gigantes de un solo ojo; los caminantes cambiaban sus ropas de diario por atuendos de campesinos medievales o caballeros; los restaurantes de comida rápida se convertían en posadas donde solo se servía estofado y cerveza caliente, y un controlador de aparcamientos cambió su indumentaria por la de un mozo de cuadra.

–Esta yegua lleva estacionada quince minutos de más –le oyeron murmurar al pasar a su lado.

Cuando Marcos estaba con Jone, la frontera entre el mundo real y la fantasía se desdibujaba.

De pronto, un centauro de piel azul apareció a la carrera y frenó apenas a unos pasos de ellos. Marcos contempló boquiabierto cómo el ser protestaba en un tono extrañamente agudo que recordaba a un claxon. El chico parpadeó y, frente a él, el centauro se transformó en un hombre montado en moto. Por lo visto, habían cruzado por la carretera sin darse cuenta. En el mundo fantástico no existían los semáforos ni los pasos de cebra.

–¡Mirad por dónde cruzáis, idiotas! –bramó el motorista.

Los dos corrieron hasta la otra acera antes de que los aplastase una estampida.

–Por esto odio el centro de la ciudad –protestó Jone–. ¿Quién me manda a mí meterme en líos, con lo a gusto que estaba en mi salón?

Marcos no la quiso contradecir, pero no le parecía que Jone estuviese a gusto en su casa en absoluto. Las Sombras se encargaban de ello.

–No estamos en la ciudad –hacía rato que Marcos estaba inmerso en su imaginación–. Estamos viajando entre las Islas Flotantes.

Jone frunció el ceño.

–¿Cómo es posible que no lo veas? –insistió Marcos, y señaló un parque infantil que estaba cerca–. Allí está el Bosque de los Duendes. Cuidado con llevarles la contraria; pueden ser muy peligrosos.

El parque infantil se transformó como si obedeciese las órdenes de Marcos.

–¡Mira, una trovadora! –el chico sonrió a una música callejera, y su imaginación le cambió la indumentaria y colocó un laúd en sus manos–. Fliparías con los poemas que ha escrito de Alaia y Panpox. ¡O ese mensajero! –Marcos apuntó a un repartidor de comida rápida que cargaba unas hamburguesas en la cesta de la bicicleta–. Apuesto a que lleva una invitación para la carrera de dragones de Milplumas.

El lector había reintroducido a la escritora en su historia. El mundo fantástico se superpuso al real. Continuaron sin darse cuenta hasta llegar a la falda de la Montaña de Cristal, su destino.

Lo habían conseguido. Jone y Marcos se quedaron en silencio durante un largo rato.

–¿Estás seguro de que Panpox anda por aquí? –la escritora le había preguntado lo mismo unas treinta veces a lo largo del trayecto–. No quiero hacerme ilusiones.

Marcos le apretó la mano con fuerza.

–Si no lo intentamos, nunca lo sabremos.

–A veces me pregunto quién es el adulto y quién el chaval –dijo Jone.

Frente a ellos se erigía una mole de cristal que refulgía bajo el sol de media tarde como un brillante de mil aristas. Por un instante, Marcos creyó ver en su parte superior los logos de un puñado de establecimientos; pero cuando volvió a mirar, los colores se emborronaron hasta convertirse en señales de peligro y escudos de los malhechores más detestables de las Islas Flotantes. Si el chico no se equivocaba, Panpox estaba atrapado en el interior de aquella montaña hueca.

–Tengo miedo a lo que podamos encontrar, y no me refiero al dragón –murmuró Jone sin quitar ojo a una abertura por donde entraban y salían sin parar las más diversas criaturas.

–Tenemos collares mágicos. ¿Qué podría salir mal?

Jone acarició el amuleto.

–Tienes razón. Vamos a rescatar a Panpox.

La escritora empezó a caminar hacia la Montaña de Cristal. Hacía tiempo que no reunía tanta determinación.

Pero su arranque fue breve: en ese momento, del interior salió un trasgo alto y encorvado. Sus ojos los rozaron por un instante, y a Marcos, por alguna razón, se le pusieron los pelos de punta.

Jone chilló y saltó detrás de una roca.

6
PERSECUCIÓN EN EL CENTRO COMERCIAL

JONE SE TRANSFORMÓ en una estatua de sal, inmóvil mientras el trasgo salía a tomar el aire fuera de la Montaña de Cristal. La criatura echó un vistazo hacia la roca que les servía de escondite, dio unos pasos distraída y regresó al interior.

Marcos no había contado con efectos sorpresa: su plan consistía en entrar a la Montaña de Cristal, rescatar al dragón y salir por patas. Pero la aparición del trasgo había desestabilizado a Jone, y no sería tan fácil convencerla para meterse en la boca del lobo.

–¡Maldita sea! Hay trasgos –masculló Jone, desatada. Se incorporó y puso rumbo a su casa–. Yo me marcho de aquí. Es muy peligroso.

–¡No puedes irte ahora! –Marcos tuvo que agarrarla por la manga del abrigo para que no escapase–. Tu dragón te está esperando. ¿Es que no quieres volver a ver a Panpox?

La escritora paró en seco. El chico tenía el poder de contrarrestar a las Sombras.

Además, contaban con un talismán: los colgantes mágicos. Marcos levantó el suyo a un palmo de su nariz.

–El collar tiene el poder de volvernos invisibles. Los trasgos no sabrán que estamos aquí –insistió él.

Jone dudó por unos instantes, y Marcos supuso que las Sombras llevaban demasiado tiempo emponzoñando su corazón. Pero ahora estaban lejos de ellas, tenían los colgantes para protegerse y acariciaban una ilusión: recuperar a Panpox.

La escritora se puso firme, dio media vuelta y reemprendió el camino hacia la Montaña de Cristal. Por un momento, a Marcos le pareció que Jone había sacado la guerrera que llevaba dentro.

–¡Espérame! –gritó, temeroso de quedarse atrás.

La curiosa pareja cruzó el umbral de la Montaña de Cristal.

En el interior se toparon con una impresionante caverna repleta de aperturas que llevaban a túneles en todas las direcciones. Donde cualquier persona habría visto a un montón de gente cargada con bolsas de la compra, Jone y Marcos veían a humanos, enanos y trasgos que transportaban carretillas llenas de piedras preciosas o sacos de monedas. Habían llegado al mercado de la región.

El chico también había leído que la Montaña de Cristal servía de escondite para los ladrones de la ciudad. Debían andarse con ojo.

–¿Dónde se supone que está mi dragón? –preguntó Jone, ansiosa.

–¡Chsss!–exclamó Marcos para que bajase la voz–. El amuleto nos hace invisibles, pero los demás todavía pueden oírnos.

–Lo siento, hace tiempo que no uso sortilegios.

El chico se pegó a ella para poder hablar en voz baja:

–Si los rumores son ciertos, el Dragón de los Grandes Almacenes vive en el corazón de la montaña.

Marcos y Jone siguieron las indicaciones hasta llegar a una cámara secundaria, donde un jardín tropical daba una nota de color en medio de tanta roca gris. Pasaron muy cerca de varios seres que no les hicieron ni caso, quizá gracias a los poderes mágicos de los colgantes o tal vez porque estaban hipnotizados con unos artefactos rectangulares que llevaban en las manos y que toqueteaban con las yemas de los dedos. Objetos mágicos, sin duda.

Cuando llegaron al bosque, descubrieron que era más grande de lo que habían imaginado.

–No será fácil encontrar a Panpox aquí –vaticinó Jone.

Marcos ya había pensado en eso. Sacó un bote de cristal lleno de gusanos vivos que hizo retroceder de asco a la escritora.

—¿Qué diantres es eso? —preguntó Jone con la boca tapada.

—Un cebo para atraer a Panpox.

—Panpox es herbívoro. ¡Tendrías que haber traído lechuga, mendrugo!

—¿Qué más da? —insistió Marcos—. Si tiene hambre, comerá lo que sea.

Jone puso los ojos en blanco.

—En fin, nos apañaremos con lo que hay.

El bosque central estaba dividido en varias secciones, así que la pareja se separó para buscar al dragón.

Marcos tomó el camino de la izquierda. El chico examinaba cada planta y árbol en busca de algún rastro de Panpox, mientras silbaba una cancioncilla para llamar su atención.

Jone, por su parte, intentaba pasar inadvertida mientras escudriñaba las plantas del sector derecho. Una anciana la pilló sacudiendo un arbusto donde le había parecido ver algo y se acercó a ella, lo que le confirmó a la autora que el hechizo de invisibilidad había desaparecido.

—Cuidado —le advirtió en voz baja—. Dicen que aquí vive un dragón...

—Ya lo sé —repuso la escritora como si nada—. Si lo ve, avíseme. Estoy intentando atraerlo.

La anciana salió despavorida.

Panpox no estaba en ese arbusto, ni en las siguientes plantas que escudriñó Jone. Un rato después, la pareja se reunió en medio del jardín sin ocultar su decepción.

–Estaba seguro de que lo encontraríamos –dijo Marcos, alicaído.

–Olvídalo, tenía que ser así –contestó Jone a media voz–. Nunca me sale nada bien.

El muchacho se incorporó, mosqueado. El bosque se oscureció sin que se diesen cuenta.

–Panpox tiene que estar en algún lugar. ¡No te rindas ahora! ¿Acaso no hemos superado mil obstáculos para venir hasta la Montaña de Cristal?

Pero la escritora no tenía ganas de seguir con la historia.

–Abre los ojos: esa montaña no es más que una fantasía que sale de la cabeza. Solo somos una escritorzuela mediocre y un niño con demasiada imaginación.

Marcos ahogó un grito: las Sombras aparecieron de detrás de los árboles y reptaron silenciosamente en dirección a la escritora. Al chico se le habían acabado las ideas y no sabía cómo ahuyentarlas.

–Y esto tampoco es un bosque mágico –insistió la autora–, sino el jardín interior de un centro comercial. Bastante hortera, por cierto.

–Espera –exclamó Marcos, con la vista fija en Jone.

–No me mires así. Ya sé lo que pensarás de mí: soy patética. Ni siquiera me quiere mi dragón.

Pero Marcos estaba muy serio.

–No es eso. Es que tienes a Panpox en la cabeza.

La escritora se quedó quieta.

–Sé muy bien que tengo a Panpox en la cabeza –admitió con sorna–. Yo ya lo había olvidado, pero tú has venido a recordármelo.

–No es un modo de hablar –replicó Marcos, temblando de un modo que asustó a Jone.

Los escritores pueden ser muy puntillosos con las palabras; no obstante, Marcos hablaba en sentido literal. Su dedo apuntó a una rama justo encima de la coronilla de Jone, y esta sintió un cosquilleo en su melena.

Jone dio tal bote de la emoción que asustó a la criatura. El dragón saltó al suelo. Las Sombras huyeron como alma que lleva el diablo.

–¡Es él! –gritó la escritora–. ¡Panpox!

La jinete y su escudero echaron a correr tras el dragón (o, lo que habría visto cualquier testigo, la escritora y el lector empezaron a perseguir a una iguana por el centro comercial).

Panpox, a la carrera, se coló en un restaurante llamado Gli Gnocchi di Gnomi. Jone y Marcos entraron sin pensárselo.

En el interior del local, los comensales disfrutaban de una cena italiana. Marcos salivó al sentir el intenso olor a queso gratinado.

–¡Cuidado! –la escritora le dio un codazo para espabilarlo–. Los enemigos quieren embotar nuestros sentidos.

Marcos y Jone se pusieron en acción. Buscaron al dragón en cada plato, mesa y hasta salero del restaurante, mientras un camarero los seguía de cerca.

–¿No quieren tomar asiento? –preguntó por tercera vez.

–Somos muy maniáticos con la elección de mesa –respondió Jone, que en ese momento inspeccionaba entre los pies de unos comensales–. No nos vale cualquier cosa.

Un extraño bulto había llamado su atención. Fuese lo que fuera, estaba sorbiendo un espagueti. La pa-

reja que comía a la mesa estaba tan concentrada en su primera cita que no se habían dado cuenta de que un dragón les estaba robando la comida.

–Ajá –celebró Jone–. ¡Aquí estás!

Cuando ya lo iba a atrapar, el dragón-iguana saltó de debajo de la mesa y salió del restaurante a toda prisa. El camarero casi se desmayó del susto.

–¿Lo ve? –le recriminó la escritora con aire ofendido, mientras Marcos y ella reemprendían la carrera–. Una nunca sabe lo que saldrá del plato. ¡Espera, Panpox! –jadeó–. ¡Hemos venido para llevarte a casa!

Sin detenerse, los dos escudriñaron los pasillos laterales y las puertas de los locales. Cuando casi se rendían, lo vieron un segundo antes de que se colase en un gimnasio. Nadie más reparó en el reptil que acababa de entrar.

El recepcionista, por desgracia, sí vio a Jone y Marcos y se interpuso en su camino.

–Disculpen. ¿Me dejan ver sus carnés de socios?

Marcos se devanó los sesos; tenían que pensar algo rápido. Por suerte, la escritora hizo uso de la imaginación que le había dado fama.

–¿Carnés? Ah, claro. ¡En cuanto termine el calentamiento!

Era la primera vez en su vida que Jone pisaba un gimnasio, así que su modo de calentar consistía en ponerse en cuclillas, estirar los brazos y mover los deditos como si aporrease un teclado.

El recepcionista no daba crédito. Marcos salió en su ayuda.

–Fue medalla de plata en las Olimpiadas de Río. Perdió el oro por un calambre en el meñique.

–¡Ahora! –exclamó Jone.

No tenían tiempo que perder. Antes de que el recepcionista pudiese reaccionar, los dos saltaron los tornos del gimnasio y fueron tras el dragón, que se había metido en la sala de fitness. La estancia apestaba a sudor, y en ella sonaba reguetón a máxima potencia.

Jone y Marcos la atravesaron como flechas: habían conseguido esquivar al guardia, pero todavía tenían que dar con Panpox.

Aparecieron en una habitación atiborrada de máquinas de pesas. Un hombre de aspecto simiesco se preparaba para levantar cien kilos, rodeado de admiradores.

–Es pan comido –se pavoneó–. Puedo hacerlo con los ojos cerrados.

El hombre hizo acopio de fuerzas y levantó las pesas con un gruñido, entre los silbidos de admiración del público. Pero entonces, Panpox decidió que quería trepar por su cuerpo.

–¡Ahí está! –gritó Marcos abalanzándose hacia el forzudo.

En cuanto Panpox escaló por la camiseta del gimnasta, este empezó a dar vueltas, desestabilizado por el peso. Primero se zarandeó unos centímetros; después, unos pocos más, y enseguida empezó a girar en todas direcciones.

–¿¿¿Quéeeeemeeeeeocurreeeeee??? –gimió el gorila dando vueltas como una peonza.

–¡Cuidado! –gritó una espectadora–. ¡Tienes un camaleón en la espalda!

–Técnicamente es una iguana –la corrigió Jone–, pero comprendo la confusión.

En ese preciso instante, Panpox alcanzó la coronilla. El gorila cayó de bruces y lanzó al suelo las pesas, que rodaron provocando una avalancha entre los presentes.

Todo el mundo se echó a correr... menos Jone, que esquivó el obstáculo con elegancia, saltó sobre el mareado gimnasta y se agachó junto al animal.

El dragón observó a la jinete. La jinete observó al dragón.

Se reconocieron después de tanto tiempo.

–Es hora de volver a casa, Panpox.

Marcos sonrió. La misión de rescate había sido un éxito.

7

Un plazo que se acaba

La escritora estaba feliz por haberse reencontrado con su amigo dragón, y Marcos estaba feliz por haberlo propiciado.

El dragón también parecía satisfecho, aunque es difícil interpretar los sentimientos de una iguana: muestran la misma expresión cuando comen su plato favorito que cuando se pillan la cola con una puerta.

En el momento exacto en que los tres estaban a punto de abandonar el centro comercial, alguien los abordó.

–¡Jone Lekunberri! –exclamó el recién llegado.

La escritora y el lector se quedaron paralizados. Hasta Panpox, que iba en brazos de ella, parpadeó nervioso. La escritora se giró lentamente.

Un señor pulcramente vestido con un traje a rayas los miraba, con los labios estirados en una sonrisa hipócrita. Era el trasgo que habían esquivado antes, solo que esta vez lo veían en su versión real. Salía de una oficina de Trask Bank, un nombre que Marcos había visto antes, pero no recordaba dónde.

–Usted otra vez –fue el saludo de Jone.

–Qué alegría tenerla aquí –repuso el trasgo-señor, aunque, por el desprecio con que lo dijo, la visión de Jone le producía de todo menos alegría. Luego, ladeó la cabeza y miró a Panpox con asco–. Pensaba que se había recluido usted en casa para evitar a la humanidad.

–Solo a las personas desagradables –replicó ella.

El hombre trajeado no se dio por aludido.

–Siento que las cosas no le vayan bien, pero no podemos esperar más.

–Le agradezco el recordatorio. Y ahora, si me permite –Jone dio media vuelta y tiró de Marcos para alejarse de allí–, tenemos cosas más importantes que hacer.

–El plazo se acaba, señora Lekunberri –insistió el señor mientras se alejaban–. El plazo se acaba…

Jone no soltó a Marcos hasta que se encontraron a cinco manzanas de distancia. El chico batió su récord de boca cerrada. Intuía que aquello era algo grave que no podía solucionar con su palabrería.

Hasta que no se pudo contener más.

–¿Quién era ese trasgo? ¿Es el Señor de las Tinieblas? –soltó, intrigado con el villano que había dejado fuera de juego a Alaia.

–Me temo que es un enemigo distinto –replicó la escritora–. Estos trasgos solo quieren dinero, pero es cierto que pueden ser muy agresivos.

La respuesta no convenció al chico, que siguió preguntando:

–¿Qué quería decir con eso de «el plazo se acaba»?

–Tonterías –escupió Jone–. Nada más que tonterías.

El encuentro con el señor trajeado había arruinado el final de la misión y los había estampado contra la realidad. Sin embargo, cuando llegaron a casa y Jone devolvió a Panpox a su antiguo terrario, la escritora se relajó. Hasta el dragón parecía contento de estar de vuelta en su antiguo hogar, y prácticamente se abalanzó sobre la lechuga que su dueña le había comprado en el camino.

Marcos observó fascinado al animal. Era el dragón más bonito del mundo. Sus escamas verdes parecían esmeraldas. Unas semanas antes, se habría sentido decepcionado al descubrir que Panpox era en realidad una iguana de un metro de longitud; pero si algo había aprendido desde que conoció a Jone, era que la imaginación podía transformar la realidad. Panpox podía ser lo que quisiera. La fantasía siempre era más interesante.

Entonces, cuando más emocionado estaba Marcos, Jone se puso a llorar. Había pasado mucho tiempo convencida de que Panpox estaba muerto, y de golpe y porrazo, su amigo volvía al mundo de los vivos.

En cuanto se dio cuenta de que el chico estaba delante, se secó los ojos y se puso en pie.

–Se ha hecho de noche –dijo de pronto–. Voy a acompañarte a casa.

Marcos necesitó que se lo repitiese. Esa misma tarde, había tenido que sacar a Jone a rastras. Sí que habían cambiado las cosas para que, después de la aventura en la ciudad, la propia escritora tomase la iniciativa de salir.

El Señor de las Tinieblas debía de estar furioso. De hecho, Marcos no había visto las Sombras en horas.

Antes de salir a la calle, la escritora tomó un paraguas. La nube, sin embargo, había desaparecido.

Jone bromeó durante todo el camino hasta la casa de Marcos. Destilaba el mismo humor que los personajes de su novela, un rasgo de personalidad que había permanecido oculto hasta ese momento. Por primera vez, el chico reconoció a la autora de *Carreras de dragones* en ella. Se lo estaban pasando en grande.

Al cabo de media hora llegaron al impersonal bloque de viviendas en el que vivía Marcos, y el chico sacó unas llaves de la mochila para abrir.

A Jone no dejaba de sorprenderle la facilidad con la que se desenvolvía a su edad.

–Debería subir y disculparme con tu madre. Estará preocupada.

–Mi madre no ha vuelto todavía –Marcos agachó la cabeza–. Tiene que trabajar hasta tarde.

Hasta ese momento, el chico era quien había admirado a la escritora; sin embargo, fue en ese instante cuando la escritora sintió respeto por su lector.

–Para ser un grano en el culo, se te da bien salvar dragones –admitió Jone.

Marcos sonrió. Esa era la forma que Jone tenía de dar las gracias.

8
EL TRABAJO DE CLASE

TRES DÍAS DESPUÉS, Marcos tocó el timbre del número 7 de la calle Parnaso.

Lo primero que le llamó la atención fue una enorme flor seca clavada en la puerta. El chico la había visto anteriormente: era el *eguzkilore*, la flor del sol, un amuleto ancestral para ahuyentar a los malos espíritus.

Marcos intuyó que las Sombras no estarían contentas.

Pero las sorpresas no terminaron aquí. Cuando llamó al timbre, Jone lo recibió canturreando:

Los dragones odian el invierno
porque congela su corazón.
Por eso escupen llamas
para derretir la desazón.

Era la misma canción que Alaia cantaba en *Carreras de dragones* cuando estaba de buen humor. Algo empezaba a cambiar en aquella casa.

Las ventanas estaban abiertas y no había ni rastro de las Sombras, los esbirros del Señor de las Tinieblas. Marcos acompañó a Jone hasta el patio trasero, agradeciendo para sus adentros que hubiese dejado de llover.

El dragón estaba en el suelo, dentro de una jaula, merendando unas hojas de coliflor. Criatura fantástica o iguana, daba igual; para Marcos, era el auténtico Panpox.

–Los primeros días le costó adaptarse, pero ya vuelve a ser el que era –dijo Jone a su espalda, ocupada en plantar unos geranios; el jardín recobraba su antiguo verdor–. Todavía no me creo que esté aquí... Ojalá pudiese compensarte el milagro de algún modo.

–Se me ocurre una cosa.

Jone se giró, temerosa. Marcos intuyó que Jone lo había dicho por decir, pero él necesitaba algo de ella.

–Quiero que me eches una mano con los deberes –pidió.

La escritora negó rápidamente con la cabeza.

–¿Ayudarte con las tareas? Las matemáticas se me dan fatal y soy un desastre con la historia. Si escribía fantasía era porque podía inventármelo todo.

–De eso trata el trabajo que tengo que hacer –Marcos sacó un cuaderno y un boli azul de la mochila–. El lunes tengo que hacer una exposición sobre lo que quiero ser de mayor, y creo que... –el chico tuvo que hacer un esfuerzo para admitirlo en voz alta–:

Creo que quiero ser escritor. Tú puedes ayudarme. Eres escritora.

–Bueno, *era* –Jone miró hacia otro lado–. Ya no sabría escribir ni la lista de la compra.

Marcos recordó lo que había visto en la nevera y le dio la razón. Sin embargo, no pensaba rendirse tan rápido.

–No te has podido olvidar del todo –insistió con cara de cachorro abandonado–. Ayúdame. Por Panpox.

–Está bien, chantajista emocional –gruñó Jone mientras se sentaba a la mesa del patio; en el fondo, le ilusionaba que el chico quisiese seguir su camino–. Supongo que una nunca olvida lo que significa escribir.

Marcos lanzó un grito de emoción y escribió el título en el encabezado del cuaderno: «*Cómo ser escritor, por Marcos Abasola Muñoz*». Subrayó el enunciado y esperó a que Jone empezase a hablar.

–¿Tan rápido? –la escritora hizo amago de encenderse un cigarrillo, pero lo soltó de mala gana cuando el chico fingió un ataque de tos–. A ver... Cómo ser escritor...

–Repites lo que yo digo para ganar tiempo –le espetó Marcos, y se dejó llevar por un ataque de risa floja–. Yo también lo hago cuando no sé la respuesta a la pregunta del profesor.

Jone le guiñó un ojo. Ella sí conocía la respuesta, aunque eso la obligase a viajar a una época que le parecía otra vida. Una vida dedicada a la imaginación.

–La vida de un escritor es muy sencilla. Hay que madrugar como todo el mundo –afirmó, y Marcos empezó a apuntar–. Yo siempre estaba en pie a las diez.

–¿A las diez? –Marcos soltó una risotada–. Mi madre se despierta a las seis.

La escritora frunció el ceño.

–A mí me entraba la inspiración de madrugada, ¿vale? –dijo ofendida–. Primero trazaba un esquema de las historias. Y cuando todo encajaba, me lanzaba a escribir. Podía pasarme doce horas tecleando sin parar. A veces me olvidaba de comer –suspiró, evocando sus sesiones maratonianas–. Nunca estaba satisfecha; escribía y reescribía como si me fuese la vida en ello. Escribir lo era todo para mí.

Jone reparó en que Marcos apuntaba hasta sus suspiros.

–No hace falta que lo escribas *todo*, chico. Te vas a agotar.

–Es que así practico –replicó él, contundente–. Entonces, ¿te sientas y te vienen todas las ideas de golpe?

La escritora rio de buena gana.

–No es algo automático –explicó al fin–. En verdad, las ideas vienen de cualquier lugar: un recuerdo de la infancia, una anécdota en el supermercado... o una mascota –Panpox saltó de una rama a otra como si supiese que hablaban de él–. Hay dos fases para escribir un libro: la primera empieza cuando tienes la primera idea, el germen de la novela.

Marcos había dejado de transcribir para escuchar. Estaba fascinado.

–Al principio solo tienes una idea vaga. Una trama, un personaje... A veces, simplemente, un dato minúsculo. Pero poco a poco, ese detalle te obsesiona y crece en tu cabeza hasta convertirse en una historia –la escritora se animaba mientras recordaba su proceso creativo. La pasión se palpaba en cada palabra–. Es como un puzle con un montón de piezas que encajar: personajes, escenas, lugares que imaginas vívidamente... Pero a medida que la historia crece en tu cabeza, también toma consistencia.

–Guau –Marcos estaba fascinado–. Yo repelo las ideas buenas.

–Tonterías –replicó Jone–. Todos podemos ser escritores. E incluso los escritores tenemos ideas tontas: ¿sabías que al principio Panpox se llamaba «Piel de Aguacate»?

La iguana protestó desde su jaula. Marcos se moría de risa.

–¿Piel de Aguacate? ¡No me lo creo!

–Palabra de jinete –respondió Jone–. En la primera fase descartas un montón de ideas. Poco a poco, armas el esqueleto de la historia y te preparas para la segunda fase: escribir. Es como construir una casa después de diseñar los planos. Nadie empieza por el tejado, ¿verdad?

»Así que una vez tienes todo pensado, y con las ideas bien definidas, te pones a teclear sin parar. Página a página, capítulo a capítulo, hasta que llegas al final –Jone bajó el volumen de voz, como si le contase una confidencia–. He oído que hay escritores que escriben sin rumbo, pero a mí me parece que están un poco locos. A algunos los han tenido que rescatar después de perderse en su propia trama.

Marcos estaba fascinado. Nunca había imaginado que escribir fuese tan complicado... ni tan divertido. Los escritores eran magos de las palabras.

–¿Eso es todo? Al terminar de escribir, ¿el libro está listo para los lectores?

Jone puso los ojos en blanco.

–¡Ojalá! En el proceso también participan el ilustrador, los trabajadores de la imprenta, los libreros… Por mencionar a algunos. El autor escribe la primera palabra, pero el lector pone el punto final. Y no te he hablado del editor… –la escritora pronunció «editor» como si fuese un esbirro del Señor de las Tinieblas. A Marcos le entró la risa.

–¿El editor es malo? –Marcos no tenía ni idea de a qué se dedicaba.

–¡Los hay malísimos! Pero la mayoría son muy buenos. El editor es una especie de consejero que ayuda a mejorar la historia: te sugiere desarrollar algunas escenas, reescribir frases confusas y, a veces…, incluso eliminar personajes prescindibles. Es un buen aliado, aunque a veces te apetezca arrojarlo por el abismo de las Islas Flotantes.

Marcos ahogó una exclamación. La jinete de dragón volvió a su memoria.

–¿Tu editor fue el culpable de que Alaia cayese en el Lago de la Quietud? –exclamó, convencido por un instante de que había desenmascarado al Señor de las Tinieblas.

La escritora se estremeció, como si la pregunta la hubiera pillado por sorpresa. Luego, muy seria, negó con la cabeza.

–La única responsable de la caída de Alaia soy yo –repuso–. Jamás dejaría que nadie tocase a la jinete. Lo es todo para mí.

Miró de reojo el cuaderno de Marcos y vio cómo él escribía «Alaia: todavía hay esperanza». Torció el gesto y suspiró, como exasperada por su insistencia.

–¿A qué edad supiste que querías ser escritora? –preguntó el chico–. He intentado escribir un cuento, pero se me da fatal. Es un plagio de *Carreras de dragones*.

–Ven conmigo –dijo Jone de pronto–. Te voy a mostrar algo muy especial.

9
EL ARMARIO DE LOS SECRETOS

Jone y Marcos entraron en la casa. La escritora dudó un segundo al pasar junto a la escalera que llevaba arriba, toda oscura y polvorienta. El chico intuyó que había algo importante arriba, pero la escritora tragó saliva y continuó.

Al llegar a la sala de estar, Jone abrió un armario y sacó una caja de zapatos. Luego, con el mismo cuidado con que trasladaría unos huevos de dragón, la depositó sobre la mesa camilla.

Retiró la tapa de la caja y extrajo un cuaderno prehistórico del interior. El título estaba escrito con caligrafía infantil: *El dragoncito Malaspulgas*. Al lado aparecía el nombre de la autora: *Jone Teresa Lekunberri, 7 años.*

–Mi primer cuento –anunció la escritora con más sorna que solemnidad.

–¡Eras más pequeña que yo y ya escribías! ¿Puedo leerlo? Por favor, por favor, por favor...

Marcos era capaz de decir doscientos «por favor» por minuto, pero Jone se mantuvo inalterable.

–Este cuento no serviría ni para hacer fuego –replicó mientras echaba un vistazo al interior–. El dragón se enfadaba porque sus amigos no le dejaban jugar con ellos, así que les lanzaba llamaradas como venganza. Yo era una niña con mucho carácter; menos mal que no fui dragona.

–Seguro que está muy bien. ¡Déjame leerlo! –imploró el chico.

–Ni hablar: no quiero perder a mi único fan –Jone devolvió el manuscrito a la caja y sacó otro cuaderno un poco más moderno–. Esta fue mi primera novela, escrita a los dieciocho: *Sangre fría*. La envié a tres editoriales y dos no respondieron. La tercera me dijo que siguiera escribiendo.

–No sabían quién eras –dijo Marcos muy serio–. ¡Ellos se lo perdieron!

–Nadie nace escritor; se aprende con la práctica. Lo que te quiero decir es que he tenido que practicar mucho para llegar a ser la escritora que soy ahora –admitió Jone.

–La escritora que eres *ahora* –repitió Marcos, y no pudo reprimir una sonrisa.

Jone sacudió la cabeza. Parecía que despertaba de un largo sueño.

–Se está haciendo tarde –dijo tras mirar el reloj–. Voy a meter a Panpox en casa.

Salió al patio trasero y dejó a Marcos en el salón.

Al principio, el chico no movió un dedo. Sabía portarse bien cuando no había un adulto cerca.

Pero después echó un vistazo al armario y el pulso se le aceleró.

¿Y si Jone guardaba ahí historias inéditas de Alaia? La escritora le había dicho que descartaba mucho material, así que era posible que hubiese aventuras acumulando polvo.

No pasaría nada por echar un vistazo.

Comprobó que Jone seguía ocupada en el patio y se puso a fisgonear en el armario. Para su decepción, solo encontró álbumes de fotos antiguas y carpetas de contabilidad, además de una lata de refresco vacía y varios envoltorios de caramelo.

Ni rastro de aventuras inéditas de *Carreras de dragones*. Menudo chasco.

Hasta que reparó en las cartas que se amontonaban en la balda superior. Eran unos sobres azules idénticos a los que había visto en el buzón. Se contaban por decenas y estaban sin abrir.

A Marcos se le aceleró el corazón. ¿Por qué las guardaría Jone?

Aquello le picó la curiosidad. Sabía que no estaba bien leer la correspondencia de los demás, pero nadie decía que no pudiese echar un vistazo al remitente. No miraría nada más que eso.

Estiró el brazo, agarró una de las cartas y leyó el reverso. Unas letras impresas anunciaban que las enviaba «Trask Bank». A Marcos le dio un vuelco el corazón: era el mismo banco del que había salido el trago del centro comercial. «El plazo se acaba», fueron sus palabras. Tenía que tratarse de algo muy importante para haber alterado tanto a Jone. Quizá tuviese relación con la interrupción de la trilogía...

La escritora seguía fuera, así que Marcos pensó que no haría ningún mal por abrir una carta. Solo una. Después de todo, Jone las tenía a decenas y no les hacía ningún caso.

Rasgó el sobre sin hacer ruido y sacó una hoja doblada del interior. La leyó con más atención que si fuera un examen de Lengua:

NOTIFICACIÓN DE EMBARGO

Ante la negativa a los requerimientos extrajudiciales a solventar su deuda con Trask Bank, procedemos al embargo de su propiedad sita en calle Parnaso, 7. Este tendrá lugar el próximo día 15 de...

Antes de que Marcos pudiera terminar el párrafo, una sombra cayó sobre él y ocultó el resto del mensaje.

–¿Quién te ha dado permiso para husmear en mis cosas? –Jone le arrancó la carta de las manos y la arrugó, furiosa. Giró la cabeza y advirtió que se había dejado el armario abierto–. ¿¡Has visto algo más!?

–Yo no quería... –se disculpó Marcos–. Bueno, sí quería, pero... –farfulló, desesperado por salir de allí.

Jone, que se había mostrado tan relajada durante la tarde, estaba fuera de sus casillas. La luz de la lámpara parpadeó, y Marcos vio cómo la penumbra se espesaba en todos los rincones de la estancia. El aire se enfrió, lo que el chico tomó por un mal augurio. Las Sombras salieron de sus escondrijos y avanzaron por el suelo y las paredes, hasta que alcanzaron a la escritora y la cubrieron con un torbellino negro que amenazaba con engullirla.

–¡Fuera de aquí! –estalló Jone. Sus ojos relampaguearon de furia.

–Lo siento –se disculpó el chico–. Sé que no debería...

–¡Largo! –gritó ella con un desprecio que Marcos desconocía. Las Sombras le hicieron el coro con sus siseos–. ¡Y no vuelvas jamás! ¡JAMÁS!

El chico corrió hacia el recibidor sin mirar atrás. Temía lo que las Sombras le pudiesen hacer a él..., pero sobre todo a ella, pues la autora no parecía ser consciente de los monstruos que la rodeaban.

Tropezó en el pasillo, se golpeó en la cabeza y continuó a gatas, aterrado. A su espalda sonaba un ruido de papeles desgarrados: Jone debía de estar rompiendo todas las cartas una a una, mientras los rayos golpeaban el tejado y hacían retumbar los cimientos.

Tronaba cuando Marcos consiguió salir a la calle. El amuleto de la puerta había caído al suelo con los temblores, y el chico lo pisó sin querer. El hechizo contra el mal estaba roto.

Esta vez, un pedacito de tormenta lo acompañó hasta su casa. Jone le había cerrado la puerta para siempre.

10

UNA INVITADA SORPRESA

MARCOS NO HABÍA CONOCIDO LA TRISTEZA hasta aquel momento. La tristeza de verdad, la que cala muy dentro y borra las ganas de sonreír.

El chico lloraba en la oscuridad de su habitación, con el único consuelo de su gato Bengala. Pero el alivio que le proporcionaba la mascota era breve; antes o después, Marcos recordaba los gritos y la mirada de odio de Jone, y la tristeza lo invadía de nuevo.

El sentimiento no terminó allí: en cuanto el chico puso un pie en la calle, descubrió sobre su cabeza una nube pequeña y oscura. Marcos echó a andar y la nube se movió con él. En un abrir y cerrar de ojos, la lluvia lo empapó. Resignado, Marcos sacó el paraguas de la mochila.

La nube no se separó de él ni en el camino de su casa al colegio ni en el del colegio a su casa. Era inquietante lo rápido que se podía acostumbrar uno a vivir con un nubarrón encima.

A Marcos, aquello le dio mucho que pensar. Si su enorme tristeza solo podía provocar aquella nube minúscula, ¿qué le habría ocurrido a Jone en el pasado, para vivir con una tormenta instalada sobre su tejado? ¿Tendría relación con el misterioso Señor de las Tinieblas que había derrotado a la jinete y al dragón? Sobre todo, ¿quién era él?

Así, chaparrón tras chaparrón, transcurrieron cuatro días desde que Marcos salió corriendo de la calle Parnaso. El tiempo nunca había transcurrido tan lento para Marcos. Era la hora de cenar, y el chico, sentado a la mesa, no había abierto la boca. Después de verlo remover el plato de puré de calabaza durante tres minutos eternos, su madre le preguntó qué le pasaba.

—He perdido a una amiga —respondió él con voz de plomo.

Su madre le acarició la mano.

—Seguro que hacéis las paces pronto y volvéis a jugar en el recreo —le consoló, sin sospechar siquiera a quién visitaba su hijo por las tardes.

Marcos también tuvo que cambiar de planes para su trabajo de clase. La pelea con Jone le había quitado las ganas de ser escritor, así que buscó una nueva vocación y tomó por referente a la vecina de la puerta de al lado, la única con tiempo libre para ayudarlo.

—¡Es maravilloso que quieras ser portero de cementerio, como yo! —celebró Arantxa, que se acababa de jubilar.

–¿Verdad que sí? –repuso Marcos, que, a pesar de sus esfuerzos, no conseguía mostrarse tan entusiasta.

–Es el mejor trabajo del mundo –la vecina le había invitado a merendar para explicarle los detalles de su profesión–. Los clientes nunca se quejan y hay flores frescas a diario. ¡Te encantará! Por cierto, ¿no pruebas los huesitos de santo? Están deliciosos.

Arantxa tomó dos más de golpe y los masticó ruidosamente. Con ese nombre, Marcos no quería comerlos.

No obstante, si tenía que ser portero de cementerio, lo sería. Su nueva vocación era un poco peculiar, pero al menos no se ponía triste pensando en Jone. Marcos escuchó las anécdotas de Arantxa durante dos horas y terminó el trabajo a tiempo.

Llegó el lunes en que debía exponer su trabajo delante de la clase. Marcos estaba hecho un manojo de nervios.

–Vamos con retraso, así que tendréis que ir rápido –le dijo el profesor nada más llegar–. Empiezas tú, Marcos.

Era el inconveniente de apellidarse «Abasola».

Marcos se puso en pie, tembloroso. Con un poco de suerte, habría algún otro aspirante a portero de cementerio en el aula... Avanzó y se oyeron burlas entre la clase, silenciadas tímidamente por el señor Núñez.

El camino del pupitre a la pizarra se le hizo eterno. Al pasar junto a Tono, Marcos oyó perfectamente cómo lo llamaba «friki».

Se encaró al grupo y respiró hondo.

–Cuéntanos, Marcos –lo animó el profesor–. ¿Qué quieres ser de mayor?

–De mayor... –se oyeron más risitas–. De mayor quiero ser... po-po... po-po...

Quería decir «portero de cementerio», pero sus compañeros solo oían «popó».

Cuando Marcos estaba a punto de pronunciar dos sílabas diferentes seguidas, alguien llamó a la puerta. Los alumnos y el profesor se olvidaron momentáneamente de él.

–Adelante –dijo el señor Núñez.

La puerta se abrió para dar paso a una mujer que Marcos conocía bien.

El chico se pellizcó para confirmar que no se trataba de un sueño. Delante de la pizarra, y nerviosa ante el asombro de los alumnos, estaba la mismísima J. T. Lekunberri.

Su examiga Jone.

Había planchado una camisa y unos pantalones azules para la ocasión; alrededor del cuello llevaba un fular morado; incluso se había teñido y trenzado el cabello igual que Alaia. Estaba irreconocible.

–Buenos días a todos –saludó con timidez–. Hola, Marcos.

Sus ojos, en cambio, decían otra cosa: «¡Lo siento, no debí gritarte! ¡No volverá a ocurrir!». El chico levantó un pulgar a modo de perdón. Todavía no se creía lo que estaba pasando.

Tal y como le contó más tarde, Jone se había sentido muy mal después de echarlo de casa. Estuvo furiosa durante horas y casi no durmió.

Al día siguiente encontró el cuaderno de Marcos en el patio, emborronado y echado a perder por la lluvia, y de pronto se avergonzó de su actitud. Por eso estaba allí: quería compensarlo y ayudarlo a sacar una nota brillante.

No sabía que Marcos ya había cambiado de vocación:

–Ahora quiero ser portero de cementerio –le dijo el chico en voz baja.

Jone ladeó la cabeza, perpleja.

–No me dejes mal delante de estos chavales –susurró mientras toda la clase estiraba el cuello intentando escuchar su conversación–. Olvida lo que hice y volvamos al punto inicial, cuando querías ser escritor.

–Marcos, estamos esperando –el profesor señaló su reloj–. ¿Qué quieres ser de mayor?

El chico lo miró fijamente y esta vez habló sin tropezar:

–De mayor quiero ser escritor –afirmó.

Marcos descubrió que improvisar no era tan difícil si el tema lo apasionaba. Empezó pidiendo a sus compañeros que recordasen el autor o la autora de su libro favorito, y casi todos se quedaron en blanco. Solo Sandra, la lectora oficial de clase, conocía varios escritores por su nombre.

Tono, en cambio, intentaba sabotear la charla distrayendo a los compañeros. Marcos tenía que recuperar el interés del grupo.

–¿A que no sabéis quién es ella? –preguntó de pronto señalando a Jone, que volvió a convertirse en el centro de atención–. Los escritores no son seres mitológicos: son personas de carne y hueso, y he traído a una muy importante para que la conozcáis. Os presento a J. T. Lekunberri, que nos va a contar en qué consiste su trabajo.

Jone no recordaba la última vez que había hablado en público, y le costó horrores arrancar. Varios chicos bostezaron.

Pero ya había hablado ante audiencias mucho más numerosas en el pasado, y lo hacía francamente bien. De hecho, siempre había dicho que hablar en público no era muy distinto de escribir.

Durante una hora, el aula se convirtió en un micromundo de letras e historias. Jone describía con devoción su trabajo. Habló a los chicos de Alaia y su dragón; de borradores y correcciones; de prólogos y epílogos; de la importancia de los personajes secundarios, ¡incluso de los villanos!... Al final, todos los chavales terminaron convencidos de que un libro era

un pasaporte a un universo mucho más grande que el papel en el que estaba impreso.

Los alumnos no interrumpieron a la escritora ni una sola vez. Estaban hechizados.

–Vaya... –el profesor reparó en lo tarde que se había hecho–. Tendremos que continuar con el resto de exposiciones mañana. Muchas gracias a Marcos y Jone por esta charla tan apasionante. Esto se merece un... sobresaliente.

Jone guiñó un ojo a su amigo.

–Quería hacer una última pregunta –dijo de pronto Sandra; había permanecido callada durante casi toda la clase, a pesar de que Marcos sabía que era una lectora voraz–. ¿Por qué habláis de Alaia en pasado?

A Jone le cambió la cara. Marcos sabía que era una pregunta incómoda para su amiga, así que quiso responder él. Por desgracia, ya conocía la historia.

–Alaia no volvió a cabalgar a lomos de su dragón –explicó a media voz, consciente de que sus compañeros se habían encariñado con ella después de que Jone relatase algunas de sus mejores aventuras–. La jinete perdió su espada, cayó en el Lago de la Quietud y...

No le salían las palabras. Algunas cosas no parecen verdad hasta que se dicen en voz alta.

Jone lo notó y le puso la mano sobre el hombro. Sabía lo importante que era Alaia para él. Lo que no sospechaba es que el resto de alumnos se fuesen a encariñar con la jinete tan rápido.

Odiaba decepcionarlos, así que hizo una locura: cambió el final.

–La jinete cayó al Lago de la Quietud, sí, pero no sabéis lo que ocurrió después –sus ojos se llenaron de luz, una luz que llevaba demasiado tiempo arrinconada en el fondo de su ser–. ¿Alaia, muerta? ¡Ja! Un charco no podría matar a la heroína de los dragones.

»Un día, su antiguo dragón regresó. Había volado entre mil mundos y cien infiernos para volver a verla. Pronto, Panpox supo que Alaia llevaba dos años hechizada en el Lago de la Quietud y tomó una decisión. Ignorando las advertencias de los cobardes, fue al rescate de su amiga.

Por arte de magia –o de las palabras, que vienen a ser lo mismo–, el mobiliario del aula desapareció. De pronto, estaban sentados sobre la hierba junto a un lago; hacía tanto frío que tuvieron que frotarse los brazos para darse calor; sus bocas exhalaban nubes de vaho.

Jone los había trasladado al lago. En ese preciso momento, el imponente dragón verde se zambulló en el agua maldita. Varios alumnos soltaron una exclamación.

–Ten cuidado, Panpox –murmuró Marcos, sin reparar en que hablaba en voz alta.

El agua era tan cristalina que podían ver cómo Panpox se sumergía a gran profundidad. El dragón esquivaba las Sombras que se cernían sobre él. Finalmente, agarró a Alaia con una zarpa y puso rumbo a la superficie. Cuando estaban a punto de emerger, las criaturas tenebrosas se abalanzaban sobre ellos, reteniéndolos. El dragón se revolvió desesperado, notando que el aire se le agotaba. ¡Estuvo a punto de morir antes de salir! Pero al fin, con un último coletazo, Panpox consiguió escapar del Lago de la Quietud, sobrevoló el agua y aterrizó muy cerca del grupo de clase. El frío desapareció y las hadas salieron de su escondite para observar la escena.

–La jinete de dragón había pasado demasiado tiempo hechizada –continuó Jone. Alaia estaba recostada en la hierba, al lado de su querido dragón–. Y no de cualquier modo: estaba dormida en un sueño fúnebre, atormentada por malos espíritus. Espero que no lo experimentéis nunca, pero algunos pensamientos pueden ser más peligrosos que monstruos de siete cabezas.

»Por suerte, tenía un amigo que no la había olvidado –Panpox apoyó la cabeza en el pecho de Alaia y le insufló su calor. La clase, el profesor incluido, contuvo el aliento mientras el dragón luchaba por revivirla–. La reacción no fue inmediata: las Sombras estaban muy dentro de la jinete. Pero el dragón no se rindió, y le transmitió su energía durante horas hasta que...

Jone dio una palmada en el aire, y los chicos y las chicas de la clase pegaron un bote del susto. Estaban atentos a cada palabra.

–... hasta que Alaia despertó –dijo Jone al fin–. ¡Menuda alegría sintió Panpox cuando su amiga abrió los ojos! Al principio, ella se sentía desorientada. ¿Cuánto tiempo había permanecido dormida? ¿Qué eran aquellas terribles pesadillas que la habían atormentado? ¿Por qué no tenía su espada mágica con ella? Pero el dragón la acompañaba, y eso le bastó para empezar.

La sirena que anunciaba el cambio de clase puso punto final al relato. Los compañeros rodearon al protagonista para felicitarlo por la presentación. Incluso el chulito de Tono tuvo que admitir que había estado bien, y lo invitó a unirse a su grupo en el patio. Nunca se había sentido tan afortunado. Marcos se había convertido en la estrella de clase, y todo gracias a Jone.

La escritora y el lector salieron al pasillo para despedirse.

–Lo has vuelto a hacer –le dijo él.

Jone frunció el ceño.

–¿Que he hecho qué?

–Crear una historia –el chico sonrió–. Creías que no podrías volver a imaginar nada nuevo, pero lo acabas de hacer. La clase entera estaba hipnotizada con tus palabras. ¡Ha sido flipante!

Jone se dio cuenta de su contradicción. Era cierto: había continuado la historia de Alaia. Se sentía rara... y poderosa. Hacía tiempo que no experimentaba la magia de crear, y lo había hecho sin darse cuenta.

Alaia no era la única que había despertado del mal sueño. La escritora que habitaba en Jone también empezaba a salir de su largo letargo.

11
Una merienda catastrófica

Marcos tuvo sus quince minutos de fama en el recreo. Nadie quería perderse el relato de cómo había conocido a J. T. Lekunberri, la famosa autora de *Carreras de dragones*. Repitió la historia al menos una docena de veces, y cada vez añadía algún detalle nuevo para dar más emoción. No es que exagerase: simplemente ponía en práctica los consejos de Jone para ser escritor.

Su peculiar amiga lo había invitado a merendar al salir de clase. Era su modo de hacer las paces después de echarlo de malos modos de su casa. «Esta vez cocinaré yo», le había advertido. El chico no sabía si tomarlo como una amenaza, pero aceptó la invitación.

Cuando unas horas después entró en el número 7 de la calle Parnaso, Marcos reparó en lo distinta que estaba la casa desde la primera vez que la visitó: ahora la luz entraba por las ventanas, el aire olía a flores e incluso la propia dueña tenía mejor aspecto. Jone había cambiado el pijama por ropa de calle y se había puesto encima un delantal.

–¿Te gusta el bizcocho de chocolate? –Jone le dio a probar una cucharada del cuenco que estaba removiendo. Marcos no pudo evitar una mueca de asco: sabía a rayos–. Pues esto no lo es, me temo. Menos mal que compré dónuts por si las moscas.

Y se fue a la cocina silbando.

Los cambios no terminaban ahí: la sala de estar estaba invadida por un montón de cajas de cartón a medio llenar.

–¿Para qué son? –preguntó Marcos mientras echaba un vistazo a una de ellas y descubría un montón de libros apilados.

–Me mudo –el rostro de Jone se ensombreció ligeramente, pero se animó en cuanto volvió a mirar al chico–. Yo me ganaba la vida escribiendo; no era rica, pero me daba para vivir. Cuando dejé de publicar, los ahorros se esfumaron. Así que tengo que devolver la casa al banco.

A Marcos se le hizo un nudo en la garganta.

–¿Te marchas?

–Tranquilo, tengo adonde ir: mi prima vive en un caserío precioso con espacio para una exescritora. Aunque me da pena dejar esta casa, claro.

–No te puedes ir ahora –Marcos se negaba a creerlo–. Te necesito. Hoy ha sido el mejor día de mi vida en el cole. ¡Hasta el abusón de Tono me ha felicitado!

Jone se sentó en el brazo del sillón, encendió un cigarro (Marcos se tapó la nariz) y suspiró.

–Créeme, me cuesta marcharme. Pensaba que, si dejaba las cartas de Trask Bank sin abrir, el desahucio no llegaría nunca. Ingenua...

Marcos no lo podía entender. Tenía que haber un motivo oculto.

–Dime la verdad. La verdad verdadera, nada de cuentos –pidió, con la mirada clavada en el suelo por miedo a descubrir la verdad–. ¿Por qué dejaste de escribir?

Su amiga guardó silencio. Pero fue un silencio breve, necesario, durante el cual reunió fuerzas para ser sincera por fin. Había llegado la hora.

–Te voy a revelar un secretito de los adultos: hay personas que nunca se curan de la estupidez. Vas a toparte con idiotas de todas las edades. Yo me encontré con uno hace un par de años y arruinó mi vida para siempre.

Jone dejó el cigarro en la mesilla, sacó una carpeta del armario y la abrió sobre su regazo. Dentro había un montón de recortes de periódicos.

Al principio eran artículos entusiastas: «J. T. Lekunberri, la nueva sensación de la literatura infantil», «*Carreras de dragones*, el libro que todos los niños deben leer»...

Sin embargo, Jone pasó las páginas rápido para llegar al final. Se detuvo en un recorte diminuto; no debía de ocupar ni una columna de periódico, y el titular decía así:

«J. T. Lekunberri: un desperdicio de papel y tinta».

Jone apartó el recorte de su vista; todavía sufría al verlo. Marcos lo agarró intrigado y leyó.

El periodista denunciaba que tanto *Llamas y hechizos* como *Magia y azufre*, los dos títulos publicados de la trilogía, corrompían a los niños. «Es demasiado violento para sus cerebros inocentes. La protagonista, Ayala» –aquel tipo ni siquiera escribía el nombre correctamente–, «incita a beber y a fumar».

Era rotundamente falso. Alaia conocía a Panpox mientras el dragón estaba borracho, pero lo que ocurrió después le quitó las ganas de volver a probar una gota para el resto de su vida. Cualquier niño podía entenderlo.

Lo peor era la frase final: «Es un libro peligroso porque hace pensar». Eso sí que era verdad: *Carreras de dragones* invitaba a pensar, a emocionarse y a enamorarse de los personajes, pero Marcos no sabía qué tenía eso de malo. Lo grave habría sido que dejase indiferentes a los lectores.

–El periodista se jactaba de no haber leído ni una página de mis libros, pero consiguió lo inimaginable: una campaña pública para que los prohibiesen. De la noche a la mañana, recibí miles de mensajes cargados de odio escritos por personas que no me conocían de nada. Querían acabar conmigo.

La historia de Jone y sus acosadores se parecía mucho a la de Alaia con las Sombras. Marcos tuvo una intuición: el periodista era el Señor de las Tinieblas.

Por fin iba a resolver el misterio.

–¿Y qué pasó después?

–Pasé días tan nerviosa que dejé la puerta abierta por error y Panpox se escapó. Fue lo último que necesitaba. Sin él, perdí las ganas de continuar, justo lo que mis enemigos querían. Nunca volví a firmar en librerías, dije adiós a las entrevistas, renuncié a completar la trilogía... y a escribir cualquier otra cosa, por extensión. Quise desaparecer. De ese modo, los lectores se olvidaron de mí, y yo acabé cayendo en el Lago de la Quietud.

Ahora Marcos lo entendía todo. Sentía la necesidad de transmitirle su cariño a Jone; pero él, que quería ser escritor, no supo expresarlo con palabras.

Sin embargo, ella no había terminado:

–Hasta que tú llegaste a mi vida, permanecía encerrada a cal y canto, amargada e inútil –admitió–. La sala de estar se convirtió en mi prisión. Al menos ahora tengo una alternativa en forma de casita de campo, y te lo tengo que agradecer a ti. Hay que ser muy valiente para sumergirse en el Lago de la Quietud y rescatar a un amigo.

El chico no pudo contenerse más y se fundió con Jone en un cálido abrazo.

–¡Tengo alergia a los niños! –protestó ella; pero hablaba en broma, ya que le correspondió el gesto–. Estaré bien, tranquilo. Hace un mes, ni siquiera me imaginaba saliendo de casa... Y mírame ahora: ¡cocinando para un lector metomentodo! –exclamó, y le despeinó en un gesto de cariño.

Pero Marcos no se resignaba. Aunque había sido testigo del cambio, se resistía a admitir que la solución fuese entregar la casa al banco.

–Si volvieses a escribir... –insinuó a media voz.

Jone se tensó de pronto. La sonrisa se congeló en sus labios.

–Oh, no, no, no. Ya hemos discutido eso.

–Esta mañana en el cole, cuando contabas cómo Panpox rescató a Alaia del lago, has demostrado que puedes volver a crear. Solo te falta el último paso: reconquistar la torre y recuperar la espada mágica, nada más.

Jone esquivó la mirada. Marcos leyó miedo en la expresión de su cara.

–No es tan sencillo. ¿Y si vuelvo a tropezar? No quiero pasar por este calvario de nuevo.

El chico vio por el rabillo del ojo cómo las Sombras se agitaban en una esquina de la habitación, esperando el momento propicio para atacar. Esta vez no lo iba a permitir.

–Yo también estaba solo en casa hasta que conocí tus historias. Cada vez que abro tus libros, viajo a mundos desconocidos donde todo puede ocurrir, donde soy alguien especial. Cuando leo tus libros, me siento acompañado –se sorbió la nariz–. Cuando leo tus libros, soy feliz. No te rindas, por favor.

Sus palabras hicieron magia. Los muebles de la sala de estar desaparecieron, igual que las paredes, el techo y el suelo de parqué; hasta sus ropas y las de Jone cambiaron. Para cuando terminó de pronunciar la frase, la escritora y el lector se habían transformado en una jinete de dragón y su escudero. Una jinete de dragón desarmada, pero cuyo corazón volvía a latir por una causa justa.

Jone iba a tomar lo que era suyo. Se habían acabado el horror y el miedo: subiría a esa torre, recuperaría la espada y expulsaría a las Sombras para siempre.

12
NIDO DE SOMBRAS

HABÍA LLEGADO LA HORA. Jone y Marcos estaban listos para enfrentarse a las Sombras y recuperar la espada mágica. Panpox los acompañaba subido al hombro de la escritora. Esta vez no se separarían.

No quedaba ni rastro de la casa de la calle Parnaso. Sus alrededores se habían transformado en un pedazo de roca flotante en medio de un cielo crepuscular. Marcos confirmó que se encontraban en una de las Islas Flotantes, suspendidas en el aire mediante magia ancestral. Y no una cualquiera: estaban en la más alta de todas, la isla donde antaño viviera Alaia, la protagonista de los libros.

El antiguo hogar de la heroína estaba irreconocible. Lo que antes fue césped y flores silvestres, ahora estaba invadido por malas hierbas y huesos roídos. Una espesa barrera de espinos rodeaba el murete que cercaba el torreón. Las Sombras lo habían llevado a la ruina.

–Y pensar que era una isla preciosa... –dijo Jone con pena–. Siento miedo.

La escritora, convertida en la jinete de dragón, dio media vuelta para huir, pero Marcos la retuvo a tiempo.

–Puede que no tengamos otra ocasión; es el momento –le dijo tomando la iniciativa, y emprendió el camino de ascenso hasta el torreón.

Marcos se dio cuenta de que no era casualidad que la pendiente le recordase a una escalera; en el mundo real, estaban subiendo al misterioso piso superior. El piso que la escritora evitaba a conciencia.

Jone caminaba detrás de él, cada uno con una antorcha para iluminar el camino. Olía a viejo y a podrido; seguramente nadie había puesto un pie allí en mucho tiempo. Nadie del mundo de los vivos, al menos.

Al cruzar el muro que daba acceso al jardín, Jone lo encontró muy cambiado. Unas telarañas gigantes habían invadido los alrededores del torreón y les bloqueaban el paso. Tendrían que bordearlas con cuidado para no caer en las garras de sus tejedoras.

Panpox abrió las fauces dispuesto a expulsar su llama fulminadora, pero Jone lo frenó:

–Baja esos humos, dragón. No queremos llamar la atención de las arañas.

El dragón se lo pensó mejor y cerró la boca.

Sortear las telarañas no era tarea fácil. Cada dos por tres tenían que retroceder para encontrar un hueco por el que colarse. Jone y Panpox iban delante, abriendo camino. Marcos en la retaguardia, atento a cualquier peligro.

La telaraña lo fascinaba. Aprovechando que los otros le llevaban varios pasos de ventaja, tomó un hueso del suelo y lo arrojó a la red para descubrir lo que ocurría.

El fémur se quedó inmediatamente pegado. El hilo de la telaraña tembló en toda su extensión, como una onda en el agua que se perdiera en el infinito. Jone se giró de pronto:

–¿Qué has hecho?

–Nada –mintió Marcos.

–Continuemos –dijo ella–. Si nos detenemos, es posible que se me quiten las ganas de subir.

Por desgracia, no era tan fácil; después de diez minutos agotadores, la jinete y el escudero comprendieron que no iban a poder continuar. Los alrededores del castillo se habían convertido en un laberinto de huesos y telas, más parecido a un cementerio abandonado que al jardín de una heroína. Marcos se sentó sobre el yelmo abollado de un gigante. Estaba claro que no había rival para las arañas.

–Es imposible continuar –lamentó la escritora–. El camino está bloqueado.

–Debe de haber algún modo –replicó el chico, que no estaba dispuesto a rendirse tan rápido–. Hay que recuperar la espada como sea.

Jone cayó de rodillas al suelo, exhausta.

–¿Para qué? –escondió la cabeza entre las manos–. ¿Es que esto tiene algún sentido?

Marcos, sin embargo, ya no la escuchaba: estaba concentrado en un bulto que se movía entre la espesura.

–Por un momento creí que sería capaz de lograrlo, pero hay demasiadas telarañas a mi alrededor –continuó Jone entre lágrimas–. He dejado pasar tanto tiempo que me resulta imposible. Y lo que es peor: te he decepcionado.

Pero Marcos no tenía tiempo para discursos: con los ojos desorbitados, miraba una araña que se acercaba velozmente hacia ellos. Y no una araña cualquiera, sino una del tamaño de un caballo.

De las fauces de la criatura brotó una risita maligna. Las intenciones del aquel bicho estaban claras.

–¡Corre! –exclamó el chico.

–¿Cómo? –preguntó Jone, ensimismada.

–¡Que corras! –Marcos la agarró del brazo y tiró de ella–. ¡Una araña gigante viene hacia aquí!

La escritora reaccionó al fin y cargó con Panpox al hombro. La araña venía por un lateral, así que emprendieron la huida en dirección contraria, por el camino que había recorrido antes.

El monstruo corrió también, moviendo las patas con tal rapidez sobre las telarañas que apenas se distinguían unas de otras. Marcos la miró de reojo y sintió un vuelco en el corazón: no se trataba de una araña normal, sino de una Sombra con cuerpo de araña. Su cuerpo era pura oscuridad.

La jinete y su escudero tomaron el sendero de la derecha en busca de una salida del laberinto, pero un par de arañas les bloquearon el camino. Eran dos especímenes tan espeluznantes como el primero, y al igual que este, reían con carcajadas huecas.

Desesperado, Marcos giró la antorcha a su alrededor para ver cuanto lo rodeaba. A sus pies, bajo unas ramas cuajadas de espinas, había una maza. La agarró, con cuidado de no rozar los hilos pegajosos que iban de unas púas a otras, y la arrojó con todas sus fuerzas contra la araña que los perseguía por detrás. El monstruo quedó aturdido un instante por el golpe, y los dos compañeros aprovecharon para esquivarlo por los pelos, girar sobre sus talones y continuar la carrera.

—¡Por aquí! —propuso Jone.

La escritora había encontrado un hueco en la barrera por el que los dos se abalanzaron. Pero fue una victoria temporal: en cuanto pusieron un pie fuera, tropezaron con una raíz. Las antorchas cayeron al suelo y ellos quedaron atrapados en la telaraña. Los monstruos los habían cercado con su hilo mortal. No podían moverse ni para rascarse la nariz.

Lo peor estaba por llegar. El aquelarre de arañas se puso a emitir chasquidos, en una especie de rito macabro. Marcos y Jone intercambiaron una mirada de espanto.

—¿Qué hacen? —preguntó el chico.

—Yo qué sé. ¿Crees que soy experta en lenguaje arácnido?

Muy pronto lo averiguaron: se trataba de un canto de bienvenida. Sobre sus cabezas apareció una sombra gigantesca: era la araña más grande que verían jamás, tan oscura que podía eclipsar el sol. Si los otros monstruos parecían hechos de tinieblas, esta araña era pura maldad. Sus chasquidos recordaban a gritos de agonía.

—¿Este... este monstruo lo has creado tú? —balbuceó Marcos.

Jone asintió sin abrir la boca; el espanto ante aquella criatura salida de su mente parecía haberla dejado muda.

La reina de las arañas descendió por el hilo y se detuvo justo delante de ellos.

–Vaya golpe de suerte... –chirrió, con una voz extrañamente débil para la distancia a la que se encontraba–. Dos bocados al precio de uno. Nos vamos a poner las botas.

Las arañas de alrededor chasquearon sus pinzas con frenesí.

–Déjanos marchar –suplicó Marcos–. La isla no te pertenece.

La líder de las arañas se acercó a un palmo de Marcos y le amordazó con un amasijo de hilo pegajoso.

–¡Mmmfff! –protestó él, enmudecido.

–Eso está mejor –masculló el monstruo, dejando al chico a un lado para dirigirse a Jone–. Teníamos ganas de volver a verte, Alaia.

Alaia –o Jone– soltó un bufido: claramente, las ganas no eran recíprocas.

–¿Quiénes sois? –preguntó–. ¿Por qué habéis invadido mi casa?

–Somos arañas del polvo; nos multiplicamos en los rincones olvidados. Pero también somos el pasado que te tiene atrapada y que no te deja avanzar. Asúmelo: eres una jinete lamentable que se debería retirar –las arañas de alrededor se echaron a reír y sacudieron la tela con sus patas peludas–. ¿O debería llamarte J. T. Lekunberri, «un desperdicio de papel y tinta»?

Las otras arañas se agitaron entusiasmadas al ver que Jone hacía una mueca y se retorcía, como si aquel comentario le hubiera producido un dolor físico. De pronto, todas se pusieron a corear: «Desperdicio de papel y tinta, desperdicio de papel y tinta, desperdicio de papel y tinta...».

De pronto, daba igual todo lo que Marcos y Jone habían hecho en los últimos días y los importantes avances que había logrado la escritora. Con la cabeza gacha, Jone parecía preparada para aceptar su final. El pasado no la dejaba marchar y la atacaba con sus peores armas. Marcos habría querido infundirle ánimos, pero estaba amordazado. Hasta Panpox había caído preso en la telaraña.

Los monstruos avanzaron para devorarlos. La historia iba a acabar.

–Nunca volverás a escribir. Y si lo haces, será lo que te dictemos. Ven con nosotras... Sé igual que nosotras.

Aquello fue demasiado. Jone levantó la cabeza.

Miró de frente a la araña.

Y dijo desafiante:

–El pasado, pasado está. Ya no dais miedo.

–Te equivocas –replicó la araña–. Eres una escritora mediocre. Tus amigas te lo recordamos por tu bien...

Pero Jone no se iba a dejar pisotear más.

–No sois mis amigas. Ya está bien de criticar sin conocer, de linchar por divertimento. Estoy orgullosa de lo que soy y de lo que escribo. Ninguna horda de criticones me va a amargar más. ¡Buscaos una vida propia!

Las arañas incrementaron sus insultos, pero Jone ya no las escuchaba. De pronto, levantó la barbilla y les plantó cara con una sonrisa. Aquello fue demasiado para ellas, que perdían la fuerza si se las ignoraba.

Si una araña puede expresar el horror, aquellas estaban aterradas. Los insultos se convirtieron en chillidos de espanto, y sus patas se pusieron tiesas.

–¡No te atrevas! –protestaron con sus voces huecas, desesperadas–. ¡Eres una escritora horrible! ¡Siempre lo serás!

–Ya no me importa nada lo que opinéis –replicó Jone con seguridad.

De pronto, los monstruos estallaron en una nube de polvo negro. Un segundo después, se habían desvanecido como un vago recuerdo del pasado. Marcos descubrió que se había liberado de la mordaza; la tela que lo retenía también había desaparecido.

Los terrenos del castillo estaban despejados. La hierba todavía tardaría en crecer, pero no quedaba ni rastro de monstruos ni telarañas. Solamente ceniza cayendo a su alrededor y la torre, esperándolos.

Cuando se fijó en la escritora, la encontró distinta. Parecía más fuerte, erguida, dueña de sí misma.

Más Alaia que nunca.

Jone fue la primera en recoger la antorcha del suelo y echar a andar.

–¿A qué esperáis? –les dijo a Marcos y a Panpox, animada–. Hay que recuperar la espada mágica.

13
LA ESPADA CAUTIVA

Las Sombras del pasado se habían esfumado, pero todavía debían vencer a las Sombras del futuro. Jone tenía un último asunto pendiente.

–No entiendo. Si acabas de derrotar a la araña, y la araña es el crítico... ¿Quién es el Señor de las Tinieblas que está en la torre? –preguntó Marcos.

Había algo que no encajaba.

–No lo sé –admitió Jone.

La incertidumbre de no saber a qué se enfrentaban los asustó más todavía.

La jinete, el aprendiz y su dragón llegaron a la puerta del antiguo hogar de Alaia. Había pasado demasiado tiempo desde la última vez que estuvo ahí, y un espino asfixiaba el muro con sus brazos raquíticos.

–¿Cómo lo cruzamos? –preguntó Marcos.

Una llamarada de Panpox fulminó la barrera de espinas. El dragón estaba recuperando facultades.

–Bien hecho –aprobó Jone, impresionada–. Aunque ahora apestaremos a humo...

Los tres entraron al torreón. Dentro no se oía ni veía nada. Jone y Marcos levantaron las antorchas y alumbraron una escalera de caracol.

Emprendieron la subida.

A cada paso que daban se levantaban espesas nubes de polvo. Por suerte, no salió ningún monstruo a recibirlos.

–Qué suerte –dijo Marcos–. Las Sombras se han ido.

–No cantes victoria –susurró Jone–. Puede que estén esperando el momento idóneo para atacar.

Subieron sin sorpresas unos quinientos escalones y alcanzaron la sala principal, el mítico rincón donde descansaba Alaia después de sus aventuras. En el pasado había sido una habitación hermosa, atiborrada de libros, pergaminos y reliquias fantásticas; de sus paredes colgaban valiosos tapices que retrataban algunas de las mejores gestas de la aventurera, y también contaba con un amplio balcón donde Panpox reposaba tras los largos vuelos.

En la actualidad no quedaba nada de aquello. En cuanto Jone y Marcos pusieron un pie dentro, sintieron un frío glacial, unido al olor a putrefacción. Los tesoros habían desaparecido; los libros estaban quemados y pisoteados; los tapices, hechos trizas, de modo que nadie podía reconocer las escenas que habían hecho famosa a Alaia.

En medio de la habitación había un bloque de hielo. Tenía tantas aristas que cortaba de solo mirarlo. La antigua espada mágica estaba dormida en el interior, azul a causa del frío.

La escritora hizo un amago de acercarse, pero se detuvo. Marcos intuyó que algo iba mal.

Entonces lo oyeron. Unos susurros ahogados, ininteligibles, que sonaban cada vez más cerca. Venían de arriba.

El centro del techo se oscureció como si hubiera una mancha de humedad. Pero no era agua, sino algo tenebroso. Poco a poco, las Sombras crecieron en tamaño y en volumen hasta despegarse de la superficie y desprenderse como un montón de babas. Y no solo del techo: también surgieron del suelo y de las paredes, como una marea negra que esperase el momento de atacar.

–Vete, Marcos –Jone no podía despegar la mirada de aquello–. No quiero exponerte a este peligro.

–Ni en broma. Yo me quedo contigo.

Las Sombras se arremolinaron alrededor del trío, pero el chico las mantuvo a raya con su antorcha. No sabía cuánto tiempo podrían aguantar así.

Fue entonces cuando reparó en Jone.

La escritora avanzó hacia el bloque de hielo hasta quedarse a unos pasos de distancia. Marcos creyó que la atacarían, pero las Sombras la ignoraron.

Comprendió la razón demasiado tarde: estaba a merced de un monstruo todavía peor. Uno desconocido.

–Te he estado esperando, Jone –dijo una voz que les resultó familiar, que brotaba de entre las tinieblas–. Pensaba que no regresarías jamás.

Marcos agarró a Panpox del suelo. No quería vivir ese momento solo.

–Vengo a recuperar mi espada –respondió la escritora con determinación–. Márchate de aquí, Señor de las Tinieblas.

Habían llegado hasta él; por fin iban a desenmascararlo. Marcos estrechó al dragón entre sus brazos.

–¿Marcharme? –se oyó una risa escalofriante, con eco. Las Sombras giraron más y más deprisa a su alrededor, agobiándolos–. No puedes huir de mí.

Entre la columna de hielo donde estaba atrapada la espada y Jone apareció una voluta de humo. Poco a poco, fue creciendo hasta alcanzar el tamaño de un adulto. El Señor de las Tinieblas iba a mostrarse ante ellos por fin.

A pesar de sus esfuerzos por mantenerse erguida y desafiante, Jone se quedó lívida. Era como si todo el valor con el que se había enfrentado a las arañas se hubiese esfumado de un plumazo.

Marcos, por su parte, sintió pánico. Las Sombras revoloteaban a centímetros de su cuerpo, acariciándolo con su frialdad y riendo junto a su oído.

Un olor a quemado impregnó la habitación.

Jone avanzó lentamente. Quería mirar a los ojos del Señor de las Tinieblas, poner cara al enemigo que la había arrojado al Lago de la Quietud. Por algún motivo, Marcos sintió que tenía que dejarla sola.

Su amiga se detuvo enfrente de la silueta de humo. Poco a poco, las líneas tomaron consistencia hasta adoptar forma humana. Había llegado el momento de conocer la identidad de aquel ente perverso.

«¿Quién será?», se preguntó Marcos por última vez; hasta ese momento, había fallado en todas sus teorías.

—Muéstrate —ordenó la autora sacando fuerzas de flaqueza, harta de luchar contra un ser invisible.

Fue entonces cuando el Señor de las Tinieblas desveló su verdadero rostro. Marcos y Panpox ahogaron un grito. Jone estaba muda y petrificada.

Pues el Señor de las Tinieblas era un enemigo al que no podía vencer.

El Señor de las Tinieblas era, simplemente, *ella*.

El monstruo se había transformando en una mujer idéntica a Jone, como si la escritora estuviese frente a un espejo. Pero cuando Marcos se fijó mejor, descubrió que la Señora de las Tinieblas no era exactamente igual que ella: tenía una chispa de triunfo en los ojos, un brillo maligno que le hizo sentir terror. No era ella, sino un pedazo oscuro de su ser.

—Tenemos que irnos —murmuró la Jone de verdad retrocediendo dos pasos—. No hay nada que podamos hacer.

—Ni hablar —protestó el chico—. Es tu oportunidad.

La escritora volvió la cabeza y miró a Marcos a los ojos. Estaban empañados en lágrimas.

–No puedo luchar contra un enemigo que está en mi cabeza. Vámonos –le suplicó con la mirada–, por favor.

Sin esperar respuesta, continuó retrocediendo hacia la puerta. La otra Jone se burlaba de ellos, echando volutas de humo por la boca, mientras las Sombras los humillaban con sus carcajadas. La espada les pertenecía; los monstruos habían ganado la guerra.

Pero, cuando Jone se disponía a salir de la sala, se dio cuenta de que estaba sola en su huida. Marcos no se había movido del sitio.

El chico la miró y, de pronto, le vinieron a la cabeza unas palabras que su amiga le había dicho una vez:

–No es más que una fantasía que sale de la cabeza.

Jone se quedó paralizada. Asintió lentamente, como si estuviera asimilando aquellas palabras, y su rostro se iluminó.

Sus miedos habían salido de su propia imaginación.

Igual que los dragones, los jinetes y los demás personajes de las Islas Flotantes.

Lo mejor y lo peor de lo que era capaz tenían un origen común: su mente. Aunque se manifestase de formas muy diferentes.

Si eso era cierto, ella tenía el control.

Dio media vuelta y regresó al centro de la sala a grandes zancadas, dejando a Marcos y a Panpox detrás.

Las Sombras se quedaron suspendidas en el aire, alertas. Claramente, no sabían qué planeaba la jinete. Esta caminó con decisión, y cuando una se abalanzó para atacarla, levantó la palma de la mano y la detuvo en el aire.

Luego, con un aspaviento, la lanzó contra la pared. La Sombra salió despedida y desapareció. Marcos contuvo las ganas de aplaudir.

–¡Detente! –gritó la Señora de las Tinieblas al ver que Jone iba directa hacia ella–. ¡No avances más!

Jone no se dejó intimidar. Su voz sonó por encima de los gritos furiosos de los monstruos:

–No eres real –le espetó–. Eres una fantasía. Yo te creé... y yo te haré desaparecer.

–¡Calla! –rugió la villana. De pronto, sonaba asustada; su cuerpo perdió consistencia. Algo había cambiado en el último momento–. Soy real. ¡Sabes de lo que soy capaz!

Una parte de la mente de Jone la había paralizado dos años contra su voluntad. El miedo a salir de casa, el cansancio permanente, el constante mal humor... La cabeza de la escritora era su prisión.

Hasta que, un día, un chico llamó a su puerta y las cosas empezaron a cambiar. El cambio no sería instantáneo, pero Jone tenía la certeza de que estaba en el principio del fin.

–Ya no puedes hacer nada contra mí –afirmó. Su tono de voz cambió, como si leyese un libro en voz alta; uno que todavía estaba por escribir–. La jinete de dragón –enunció–, junto con Panpox y su fiel aprendiz, asaltó el torreón. Se dirigió con paso firme hasta el cristal donde estaba atrapada su espada...

–¡BASTA! –chilló la Señora de las Tinieblas–. ¡No podrás conmigo! ¡No sirves para nada!

–... La Señora de las Tinieblas intentó evitarlo, pero sus necias palabras ya no tenían poder sobre Alaia –continuó Jone.

No había ni rastro de la mujer alicaída que Marcos había conocido: la Jone de ahora era poderosa, extraordinaria, la mujer más fuerte sobre la faz de la Tierra; la leyenda encarnada de los jinetes de dragón.

–Alaia –continuó– caminó sin detenerse, atravesó a la Señora de las Tinieblas...

La Jone real pasó por encima de la Jone de humo. De nada sirvieron los gritos del espectro; su cuerpo se vaporizó sin remedio.

–... introdujo la mano en el hielo... y alcanzó la espada.

Marcos contemplaba la escena, con Panpox en los brazos. Ante sus ojos, Jone hizo exactamente lo que acababa de describir: su mano izquierda cruzó el hielo como si fuese aire y empuñó el arma mágica.

Todavía oían el eco del grito de la Señora de las Tinieblas cuando las grietas empezaron a recorrer el cristal. El bloque pareció cubrirse de telarañas; por un momento, Marcos temió que aquello no saliese bien. Pero entonces, el cristal estalló en miles de fragmentos que se disolvieron en el aire, y el torreón se sumió en el silencio. El lector cerró los ojos y protegió a Panpox con su propio cuerpo.

Cuando se atrevió a mirar, descubrió a Alaia con la espada en la mano. Parecía entre exhausta y feliz.

La visión de Marcos se emborronó. En apenas un instante, el escenario fantástico se desvaneció ante sus ojos y lo devolvió a la realidad: un despacho en la planta superior de la casa, atiborrado de libros y cuadernos, con un imponente escritorio de tablero acristalado en el centro de la habitación.

Jone ya no sostenía la espada mágica en sus manos; en su lugar, agarraba una pluma estilográfica.

Su arma de escritora.

–Lo has conseguido –dijo Marcos, que había perdido su ropa de escudero para recuperar su aspecto habitual–. ¡Has vencido a la Señora de las Tinieblas!

La escritora apartó la mirada de la pluma, y sus ojos, muy abiertos, se clavaron en los del chico. Solo en ese momento se dio cuenta Marcos de la verdadera dimensión de su victoria. Jone llevaba demasiado tiempo sin pisar la habitación donde había escrito sus libros; pero, si la oscuridad del pasado había quedado reducida a cenizas, el futuro volvía a brillar. Alaia había sobrevivido.

–He podido –suspiró la escritora echando a andar hacia la puerta–. ¡Lo hemos logrado!

Pero el momento de felicidad se truncó cuando Jone abrió la puerta de la escalera y una nube oscura la envolvió.

No eran las Sombras. Se trataba de humo. Había un incendio en la casa.

14
LA ELECCIÓN

EL DESPACHO DEL TORREÓN estaba inundado de una bruma oscura. Por un momento, Marcos dudó si se trataría de algo real o de un truco de su imaginación, hasta que Jone se llevó las manos a la cabeza.

–¡El cigarro! –jadeó lívida–. ¡Lo he dejado encendido en la mesita del salón!

Cada vez costaba más respirar. La escritora se acercó de dos saltos a una de ventanas del despacho e hizo ademán de abrirla, pero Marcos se interpuso en su camino.

–¡Ni se te ocurra! ¿Es que no sabes que abrir las ventanas en un incendio aviva el fuego?

Jone asintió y se apartó de la ventana.

–Nunca dejas de sorprenderme, chico.

El despacho se llenó de humo. Estaban en una situación crítica.

–Vamos a bajar las escaleras y salir a la calle sin detenernos –le propuso a Marcos–. No te separes de mí, es muy peligroso.

Tras asegurarse de que la iguana estaba bien agarrada a su hombro, Jone echó a andar. Marcos iba justo detrás.

Descendieron la escalera a toda velocidad y salieron al pasillo de la planta baja. Hacía un calor infernal; el humo dificultaba la vista y picaba en los pulmones.

La escritora se asomó a la sala de estar y dejó escapar un gemido involuntario. Sus cuadros, libros y demás recuerdos eran pasto del fuego. Su vida entera ardía allí, ante sus ojos.

–¡Sal a la calle y pide ayuda a los vecinos! –le rogó a Marcos, y él asintió–. Voy a salvar lo que pueda.

Jone entró a la sala de estar. Las llamas devoraban los manuscritos que tantos años le había llevado escribir; los cuadros de los que no existía copia; incluso las figuras de dragón ardían, produciendo un efecto tan fascinante como aterrador. Su pasado se esfumaba en aquel incendio.

De nada le sirvió taparse la boca: sus pulmones ardían, igual que sus ojos. Pero todavía tuvo fuerzas para cruzar la habitación y rescatar su posesión más preciada: la fotografía de su padre. Aunque estaba ennegrecida por el humo, el fuego todavía no la había alcanzado.

Jone estrechó el marco entre sus brazos y respiró aliviada: ese recuerdo era todo cuanto le quedaba de su progenitor. Satisfecha, salió de la habitación con rumbo a la calle.

En el suelo del recibidor, sin embargo, la esperaba un bulto inerte: Marcos estaba desmayado en el suelo, con Panpox asomado al cuello de su jersey. No habían conseguido salir.

–¡Marcos!

La escritora había vencido al pasado, volvía a mirar el futuro..., pero el chico era su presente. Si tenía que elegir, Jone lo tenía muy claro. Se deshizo del marco de fotos para liberar las manos y saltó a socorrer al muchacho.

A pesar del mareo, hizo acopio de fuerzas y cargó a Marcos sobre sus hombros. Panpox escaló por su espalda. A su alrededor, los recuerdos se fundían en una apestosa masa negra, pero Jone no miró atrás.

Mientras avanzaba encorvada entre el humo cada vez más oscuro y sofocante, la escritora se concentró en escuchar la respiración de Marcos. No oía nada, y se temió lo peor. Si el chico moría... No quería ni pensarlo. Ese mocoso la había salvado de las Sombras. Nunca le estaría lo suficientemente agradecida.

Los metros que la separaban de la calle se hicieron eternos. A punto de desfallecer, Jone se movía por simple intuición en una casa donde era imposible ver a un palmo de distancia.

No supo cómo hizo para abrir la puerta de la calle, cruzar a la acera opuesta, dejar con cuidado a Marcos y a Panpox en el suelo y desplomarse.

Después, cerró los ojos.

15
Una habitación de hospital

Marcos soñaba con dragones.

Uno era Panpox, con sus brillantes escamas de esmeralda, su sonrisa traviesa y sus ojos inteligentes. La bestia volaba a muchos metros sobre su cabeza, en círculos, vigilante. No le perdía de vista.

El otro dragón era un ejemplar peludo, que volaba sin necesidad de alas. Marcos nunca lo había visto antes; y, sin embargo, el ejemplar no se separaba de él, como si quisiera infundirle calor y estuviera esperando su recuperación.

Llevaba muchas horas dormido. Ya era hora de que despertase.

–Ha abierto los ojos –dijo una voz a mil kilómetros de allí.

Marcos enfocó la mirada con esfuerzo. Había una cara justo encima de la suya... Le costó horrores reconocer a su madre entre la nebulosa. ¿Qué hacía, que no estaba en el trabajo? Parecía muy preocupada, pero su rostro se relajó cuando él le devolvió la mirada. Le propinó un sonoro beso en la frente.

–¡Mamáaa! –protestó, aunque en el fondo le hacía muy feliz verla.

Intentó centrarse y, poco a poco, volvió a la realidad, donde los dragones eran simples fantasías.

Se encontraba en una sala aséptica –a todas luces, una habitación de hospital–, tumbado en una cama de sábanas blancas. Su madre le sujetaba la mano con cariño. En una silla descansaba un hombre de mediana edad al que Marcos no había visto nunca, con un maletín en el regazo; y en la cama de al lado estaba...

–¡Jone! –exclamó Marcos.

Quiso levantarse, pero su madre no le dejó.

–Hijo, tienes que recuperar fuerzas –le dijo con voz firme.

–Menudo susto nos has dado, muchacho –intervino la escritora–. ¿Sabes las horas que te has tirado dormido? Parecías un dragón en hibernación.

Sin esperar a que Marcos preguntase, Jone y su madre fueron turnándose para contarle lo que había pasado mientras dormía. Hablaban como si se conociesen de toda la vida; por lo visto, en el tiempo que Marcos había pasado inconsciente, habían conversado mucho sobre él. Las dos se habían llevado un susto de muerte hasta que la doctora les aseguró que Marcos no corría ningún peligro. Solo había inhalado suficiente humo como para ahumar diez mil bacalaos.

El muchacho estaba abrumado por la situación. Si no hubiese sido por Jone, ahora mismo estaría muerto. Pero cuando se lo agradeció, la escritora reaccionó casi como si se sintiera ofendida.

–¿Gracias de qué? Olvidas que yo provoqué el incendio con mi cigarro. Has conseguido que se me quiten las ganas de fumar para siempre... –replicó Jone, quien se mostraba de un sorprendente buen humor–. Soy yo la que te lo tiene que agradecer: si no hubiese sido por ti, Alaia jamás habría salido de ese horrible Lago de la Quietud. Eres mi héroe... Puede que mi casa se haya quemado, pero al menos estamos los dos aquí para contarlo.

Marcos lloró un poco de la emoción. Jone se había convertido en su mejor amiga, aunque multiplicase por cinco su edad, fumase como un carretero y fuese más borde que la esquina de una mesa. Además de todo eso, era una mujer excepcional.

Entonces recordó que sus encuentros habían llegado a su fin. Con o sin incendio, Jone iba a devolver su casa al banco para mudarse al campo.

–¿Me visitarás alguna vez? –le preguntó, con el corazón encogido; las semanas con Jone habían sido las más especiales de su vida–. Yo no tengo correo electrónico, pero puedo crear uno para escribirnos...

Jone negó con la cabeza. Por el rabillo del ojo, Marcos vio cómo el hombre del maletín se removía en su asiento.

–No me voy a ningún sitio –repuso la escritora–. Volveré a instalarme en mi casa en cuanto la repare y la limpie.

–Pero el banco... –se asombró Marcos.

En el rostro de Jone apareció una expresión enigmática.

–Voy a pagar lo que debo. Que se metan el dinero por... –la escritora miró a la madre de Marcos y sonrió– la caja fuerte.

Giró el torso y se dirigió al hombre de la silla.

–Estoy lista –afirmó.

–¿Seguro que quieres hacerlo ahora? –le preguntó él.

–Segurísima. Quiero que Marcos sea testigo.

El chico no entendía nada de lo que estaba pasando. ¿Quién era ese señor? ¿Qué habría en su maletín? ¿Por qué le tendía unos papeles y un bolígrafo a Jone?

–Te presento a Luis Andrés, mi editor –anunció ella, que parecía estar pasándoselo en grande–. Este chico tan metomentodo es Marcos, mi fan número uno y el culpable de que estés hoy aquí.

Marcos le dio la mano, boquiabierto. Jone le había hablado de Luis Andrés: aquel hombre había sido el primer lector de *Carreras de dragones* y el mejor consejero de la escritora. Sintió una sincera admiración por él.

Mientras tanto, Jone estampaba su firma en un par de documentos. No paraba de sonreír; tramase lo que tramase, estaba disfrutando de la escena.

–Hace poco te dije que no tenía fuerzas ni ideas para la entrega final de la trilogía –le dijo por fin a Marcos–. Pues bien: estás presenciando el momento en que firmo el contrato del nuevo libro. Ya estoy preparada para volver a escribir.

EPÍLOGO

Un grupo de chavales salió del colegio en tropel. Eran los últimos días antes de las vacaciones de verano, y el sol machacaba sus cabezas. Saltaban de sombra en sombra como si estuvieran hechos de hielo y temiesen derretirse.

Eran Sandra, Iker, Naiara y Marcos, los cuatro del mismo curso. La pandilla se había formado justo antes de las Navidades por pura casualidad: los cuatro habían elegido el mismo libro como lectura de vacaciones, y al hacerlo descubrieron que los unía su afición por la fantasía. A partir de ese momento empezaron a intercambiar novelas, quedar para ver películas y jugar en el patio.

Esa tarde, sin embargo, tenían otro plan.

—¿Estás seguro? —insistió la pelirroja Sandra, que aún no se lo creía.

—Sí —dijo Marcos—. Segurísimo.

—J. T. Lekunberri lo ha confirmado en sus redes sociales —Naiara era la única del grupo que tenía móvil, y no perdía la oportunidad de presumir. Les mostró el anuncio en la cuenta oficial de la escritora–. ¡Hoy es el día!

Los cuatro chavales llegaron a Tomo y Lomo, la librería más próxima al colegio, y estamparon sus rostros contra el cristal del escaparate. Alguien había colocado un centenar de ejemplares de *Garras y maldiciones* junto a dos figuras de dragones, uno verde y otro de pelaje rayado.

«¡La esperada continuación de *Carreras de dragones*!», anunciaba un cartel muy colorido. A los lados había dos pilas más pequeñas de los otros volúmenes de la serie, *Llamas y hechizos* y *Magia y azufre*. Marcos se los sabía de memoria.

Los cuatro amigos, muertos de ganas de descubrir qué aventuras contenía la nueva entrega de los jinetes de dragón, entraron para hacerse con su ejemplar sin pensárselo dos veces. En el interior ya había varios lectores haciendo cola para llevarse el suyo. Algunos no podían esperar y estaban leyendo las primeras páginas antes de pagar.

Marcos se separó de sus nuevos amigos y tomó un ejemplar del expositor. Lo acarició antes de abrirlo; llevaba mucho tiempo soñando con ese momento.

Aunque, en cierto modo, él ya conocía parte de la historia. La sinopsis de la contraportada mencionaba un nuevo héroe, Ramsoc, el joven aprendiz de Alaia que volaba a lomos de Bengal, un dragón atigrado. Cualquier parecido con él y su gato no era pura coincidencia.

Abrió el libro por la primera página y se impregnó del delicioso olor. Al separárselo de la nariz, su mirada se posó en las dos líneas que contenía. El corazón le dio un vuelco. Esta vez, Jone sí que había acertado su nombre al escribir la dedicatoria..., solo que esta aparecía escrita con letra de imprenta. Aquellas palabras las leería todo el mundo:

Para Marcos,
el más valiente jinete de dragón.

TE CUENTO QUE MÓNICA ARMIÑO...

... antes de ser dibujante, fue domadora de dragones. Quizá por su amplia experiencia en el tema haya sido capaz de ilustrar tantos libros con estos seres alados y llenos de escamas como protagonistas. Pero no creáis que el oficio del ilustrador es menos peligroso que domar dragones; al contrario... En cualquier instante puedes perder la inspiración, sentir que la magia te abandona... Aunque a veces es sencillo recuperarla. Tan solo hace falta una buena historia en el momento adecuado.

Mónica Armiño nació en Madrid en 1983. Estudió en la escuela de Arte 10 y posteriormente se licenció en Bellas Artes en la Universidad Complutense. Desde hace años se dedica a la ilustración de libros infantiles y juveniles para editoriales de todo el mundo. Además, trabaja como diseñadora de personajes y artista visual en películas y series de animación.

Si quieres conocer más sobre su trabajo, puedes visitar:

http://www.monicaarmino.com

TE CUENTO QUE PABLO C. REYNA...

... no se considera escritor, y eso que ya ha escrito unos cuantos libros. Cuando le preguntan a qué se dedica, dice que es editor, quizá porque todavía no puede creer que alguien quiera leer sus historias.

Desde muy joven participó en webs de fans de sus libros favoritos. Los adultos le decían que no perdiese el tiempo con tonterías, pero gracias a eso, hoy se dedica a lo que más le gusta: la literatura infantil y juvenil.

Uno de los mejores recuerdos de su infancia fue cuando un escritor visitó su colegio, igual que J. T. Lekunberri en esta historia. También estuvo a punto de dejar la colección *MultiCosmos* sin final, lo que inspiró *La casa de los dragones*. Pero Jone y Pablo son radicalmente opuestos en todo lo demás: a ella le encantan las iguanas y él prefiere los perros.

Pablo C. Reyna nació en Valencia en 1987 y vive desde hace años en Madrid, donde se dedica a la literatura infantil y juvenil. Es autor de la serie *MultiCosmos*, además de un webcómic llamado *Libreros*, donde recoge escenas cómicas de una librería inventada llamada Tomo y Lomo.

Si te ha gustado este libro, visita

LITERATURA**SM**•COM

Allí encontrarás:

- Un montón de libros.
- Juegos, descargables y vídeos.
- Concursos, sorteos y propuestas de eventos.

¡Y mucho más!

 Para padres y profesores

- Noticias de actualidad, redes sociales y suscripción al boletín.
- Propuestas de animación a la lectura.
- Fichas de recursos didácticos y actividades.